暴走族に寵愛《ちょうあい》されたお姫様

Akari

1

JN263880

暴走族に寵愛《ちょうあい》されたお姫様

1

COVER DESIGN : ERIKO FUKUI

桜月 昴

おうつき すばる

美咲の兄、高校1年生。関東で二番目に大きい暴走族“ホークス”の総長。兄弟の父親的存在。美咲を溺愛している。爽やか系のイケメン。身長181cm。有名な進学校に通っている。

桜月 美咲

おうつき みさき

家事を全てこなす、中学3年生。兄弟に過保護にされ、気軽に出掛けることもできない。あどけなさが残る、かわいい系の美少女。純真無垢。ロングストレートの黒髪からは、ピーチの香りがほのかに漂う。身長155.3cm。有名な進学校に通っている。

桜月 俊

おうつき しゅん

美咲の弟、中学2年生。ホークスの幹部。昴に頭が上がらず、こき使われる日々。姉の美咲を自分の妹と置き換えて可愛がっている。キレイな顔をしている。身長177cm。

篠崎《しのざき》 隼人《はやと》

高校1年生。関東一の暴走族“鬼龍”の17代目総長。口数が少なく、無愛想。有無を言わせぬ圧倒的な威圧感を放つ。端整な顔立ちと鍛え抜かれた細身の長身スタイルが多くの女性を惹き付ける。喧嘩は最強。身長180cm。

高柳《たかやなぎ》 修平《しゅうへい》

高校1年生。鬼龍の幹部。知的で、成績は学年トップの優等生。周りの信頼は厚い。気配りができ、人当たりよさそうな顔をしているが、初対面だった和也に一目でその胡散臭さを見破られた過去がある。身長179.5cm。

五十嵐《いがらし》 和也《かずや》

高校1年生。鬼龍の幹部。お調子者のムードメーカー。テスト時はいつも挙動不審な行動をみせ、教師が目を光らせている。運動神経には自信満々な食いしん坊。身長173cm。自称“鬼龍の秘密兵器”。

プロローグ

幸せな日々。
お兄ちゃんがいて、俊《しゅん》がいて、友達がいて。
それでももっと幸せになりたいと願ってしまう私は、欲張りなのかな。
穏やかに過ごしていた私の人生は、あの日、あの夜を境に大きく変わっていった。
中学３年生のクリスマスイヴ。
全《すべ》ての始まりは、ここからだった。

私の生活を大きく変えた人物、“篠崎隼人《しのざきはやと》さん”。
関東一大きい暴走族の総長。
身長180cm。無愛想で、ぶっきら棒で、喧嘩《けんか》は最強という噂《うわさ》。関係を持った女性は数知れず。
そんな隼人さんが彼女にしたのは、今までにたった一人らしい。
きっと隼人さんはその人のことを大切に想っていたんだと思う。
怖いけど、思わず見入ってしまうほど整ったその顔立ちは、たくさんの女性を惹《ひ》きつける。

第1章
始まりは突然に…

クリスマスイヴ

「いいか、絶対に家から出るなよ」
「わかってる。心配しないで」
心配そうに見つめるお兄ちゃんに、私はニコッと微笑《ほほえ》んだ。
何日も前から繰り返されるこの会話に、“少しは信用してよ”と言いたくなる。
私達のやり取りが行われているリビング、
「兄貴、もう迎えとっくに来てんだけど…」
ドア枠にもたれかかり、呆《あき》れたような視線を送っているのは弟の俊。
クリスマスイヴの今夜、チームで大きな走りがある二人は白の特攻服を身に纏《まと》っている。朝まで帰って来れないお兄ちゃんは、この家に一人きりになる私が心配で仕方がないみたい。
仕事で外国に住む両親を持つ私にとって、父親代わりの存在であるお兄ちゃんは昔から心配性で、「門限は6時だ」とか「誰《だれ》と出掛けるんだ？」とか、男の子達とボーリングに行くって知った時には「俺《おれ》も行く」ってついて来たり、ちょっと困ったところもあるんだけど——…
「美咲《みさき》、チャイムが鳴っても出るんじゃねぇぞ。わかったな」
お兄ちゃんが私をすごく大切に想ってくれているというこ

とは、
「うん、わかってる」
いつも強く感じている。
小さく頷《うなず》く私を見て、目を細めるお兄ちゃん。
私の頭に向かって手を伸ばしてくる途中、
「兄貴、迎え——…」
「わかってる!!　今行くから黙ってろ!!」
俊の声をかき消すほど大声で怒鳴りつけ、俊の体がビクッと震え上がった。
少しの沈黙が流れ、
「お、お兄ちゃん…？」
おずおずと私は呼び掛ける。
俊を鋭く睨《にら》みつけていたお兄ちゃんは再び私の方に顔を向け、
「困ったことがあったら電話しろ」
優しい表情でそっと私の頭を撫《な》でた。
リビングから出て行こうとするお兄ちゃんに、「気をつけてね！」って声を掛けると、お兄ちゃんが振り返る。
私にニコッと笑顔を見せ軽く手を上げたあと、俊の前を通り過ぎ玄関へと向かっていった。
「なんで俺が怒鳴られるんだよ」
お兄ちゃんがいなくなると、俊はふてくされた顔に変化する。それから、苦笑いする私に近づいてくると、「美咲、出歩くなよ」と私の髪をクシャクシャッとしてきた。

「行ってくる」
俊の背中を見送りながらふと、弟に名前を呼び捨てされるのって世間からすればおかしいのかもしれないけど、ずっとそう呼ばれ続けてきたから、なんとも思わない私って変なのかなという疑問が湧《わ》いた。

二人がいなくなったリビングの静けさに寂しさを募らせていく私は、とりあえず何か音が欲しくなって、ソファーに腰を下ろすとすぐにテレビをつけた。
クリスマス特番がやってるけど、全然内容が頭に入ってこない。
それでもボーッとしながらテレビを見続け、それに飽きると、テレビをつけっ放しで雑誌を読みはじめた。
その雑誌も全部読み終えた私はお風呂場へ向かい、そこから出ると自分の部屋で髪の毛を乾かし、化粧水でお肌を整え、再びリビングに戻った。
「まだ7時か…」
二人が出掛けていったのは夕方5時頃《ごろ》。
まだ2時間しか経《た》っていないのに、とてつもない孤独感が私を襲っていた。
寂しさを紛らわすため、ソファーに座って以前一緒に出掛けた時にお兄ちゃんが買ってくれたハートのクッションをギュッと抱き締めた。
本当はイヴもクリスマスの夜も、三人で一緒に過ごしたいけど、暴走族にとってイヴとクリスマスの走りは特別らしいからそんなこと言えない。
二人とも出掛けるって知ってたから、友達に誘われたパーティーに行こうかなってちょっと心が傾きかけてたんだけど、お兄ちゃんと俊が反対して行けなかった。
私達は受験生だから他の友達は勉強してるだろうし、メールや電話なんてできない。
私も勉強しようかな…
でも今まで頑張ってきたんだし、今日ぐらい息抜きしてもいいよね。

暖房の効いたリビングでいつの間にかウトウトしていた私は、携帯の着信音にハッと目が覚める。時計を見ると、もうすでに10時を回っていた。
ディスプレイには俊の名前。
「もしもし？」
『美咲？　今ちゃんと家にいるだろうな』
「うん、家にいるよ」
『兄貴がちゃんと家にいるか確認しろってうるせぇからさ』
「………」
ここまで信用されてない私って…
なんかちょっとショックだな…
『あと、美咲がリビングで毛布も掛けずに寝てるかもしれねぇからって』

す、鋭い!!

「ね、寝てないよ!!　テレビ見てたとこ！」

慌てて私が否定すると、

『ふ〜ん、やっぱ寝てたんだ』

ククククッと笑う俊の声が受話器から聞こえてきた。

「ち、違うって言ってるでしょ！」

『まぁ、そういうことにしといてやるよ。本当は兄貴が電話する予定だったんだけど、ちょっと問題が起きてさ』

「問題!?　もう走り終わったの？」

『終わった奴もいるし、まだ終わってねぇ奴もいる。まっ、それほど大したことじゃねぇけど、シクった奴、今兄貴に大目玉食らっててさ。ちゃんとしとかねぇと、あとあと取り返しのつかねぇことになっからな。あっ、兄貴来たから代わるわ。——…美咲？』

電話の相手がお兄ちゃんに代わった。

「お兄ちゃん!?　何か問題起きたみたいだけど、大丈夫？」

『ん？　俊に聞いたのか？ったく、あいつはいらねぇことばっか喋《しゃべ》りやがる』

「大丈夫なの？」

『あぁ。美咲が心配するようなことじゃねぇよ。それより寂しがってないか？』

お兄ちゃんが心配そうに尋ねるから、

「うん、平気だよ」

私は明るい声を出そうと努めた。
『ごめんな、俊を家に残せばよかったな』
「ふふふっ、俊が聞いたら怒るよ？」
『俺に楯《たて》突くのは100年早《はえ》ぇよ』
お兄ちゃんがフッと小さく笑った声が耳に届く。
「そうだね。お兄ちゃん、気をつけてね。あとあんまり怒ったりしちゃダメだよ」
『わかってる。じゃあ、そろそろ切るな？　本当は美咲と一緒に過ごしてぇんだけど』
「うん。朝まで家で待ってるよ」
『なるべく早く帰るからな』
「うん。じゃあね、おやすみなさい」
『おやすみ。ちゃんと温かくして寝ろよ』
優しいお兄ちゃんの声色に、少し泣きそうになりながら電話を切ると、ガランとしたリビングに一人なんだってまた思い知らされた。
もう寝よう…
お兄ちゃん達がいつ帰って来てもいいように、早く起きて、朝ご飯作って待ってよう。
自分の部屋に戻ろうとソファーから腰を上げると、
ん？　何あれ？
見慣れない青い袋が目に飛び込んできた。
なんの袋だろう…
近づいてよく見ると、袋の表側には透明なビニールが貼り付けられていて、そこに挟まれた白い紙にレンタルビデオ店と俊の名前が書かれていた。
どうやら俊が借りたDVDらしい。
あれ!?　返却日24日って今日じゃん!!
どうしよう…
これ新作だし、すごく話題の映画なんだよね。
なかなか借りられないから、毎日レンタル屋さんに足を運んでる人が多いって、みんな言ってたっけ？
早く返した方がいいよね…
今日イヴだし、今からカップルで借りに来る人がいるかも。
時計に目を向けると、針は10時20分を指していた。
明るいところを通っていけば、大丈夫だよね…？
よし、行ってこよう!!
２階にある自分の部屋のクローゼットから、白いコートとピンクのマフラーを取り出しブーツを履くと、クリスマス用にライトアップされた、外の世界へと出掛けていった。
この時出掛けたことが私の人生を大きく変えるだなんて、思ってもなかった。

夜のお出掛け

コートとマフラーを身に纏い手袋まではめていても、冬空の夜は凍えそうなほど寒かった。
それでもカラフルなライトで照らされたイヴの夜は、つい足を止め見入ってしまうほど綺麗《きれい》。
サンタさん、クリスマスツリー、トナカイ。
近所の家の様々なイルミネーションが、通い慣れた街並みを別世界へと変えている。
このレンタルビデオ店は、俊が学校に行く時に利用している駅の二つ手前にあるらしく、電車を使わなければならなかった。
最寄り駅から20分ほど歩いた場所に、そのお店はある。
一緒の駅で多くの人が下車したので、サラリーマンやOLの人達が近くを歩いている。行きの道は、一人になることはなかった。
特に同じ道に女の人がいてくれると、それだけでホッとする。
寒さで少し早足になっていたせいか、15分ぐらい歩いた頃にはレンタルビデオ店の大きな看板が見えてきた。
やっと着いたぁ。
嬉《うれ》しくなった私はさらに早歩きとなり、お店の前の駐車場に止められたたくさんの車を横切って、出入り口にたどり着く。
「いらっしゃいませー」
暖房の効いた24時間営業のお店の中は、夜なのにお客さんが多い。
クリスマスイヴだからかな？
カップルが断然多かった。
帰っても一人だから何かDVD借りようかなってちょっと思ったけど、もう夜遅いしお兄ちゃん達にDVD見られたら夜出掛けたことが知られちゃうかもしれない。
返却口でDVDを返し終えた私は、すぐにお店を出た。

や、やっぱり見られてる…
お店の外に出た私は、出入り口の脇に設置されている灰皿の傍《そば》で、タバコを咥《くわ》えながら私に視線を向けている二人組の男性に気がついた。
さっきもお店に入っていく私をジーッと見て何かコソコソ話しはじめていたから、お店の中で鏡を取り出しちゃんとチェックしたけど、顔には何も付いていなかった。
あっ、もしかして服が変なのかな!?
慌てて顔だけを振り返らせ、コートの裾《すそ》を確認する。
よかった、捲《めく》れてない。
じゃあ何がおかしいんだろ…？
首を傾《かし》げ立ち止まっていると、タバコの吸殻《すいがら》を灰皿の中に捨てた二人組の男性が近づいてきた。

「ねぇ、一人？　俺等暇なんだけど、これからどっか行かない？」
「お腹《なか》空いてない？　ご飯食べに行こうよ」
フレンドリーに話し掛けてくるその顔は、いい人そうに見えるのに、私は身構えながら一歩後退してしまう。
「あ、あの、私急いで帰らないといけないので…」
会釈だけして、走ってその場から逃げ出した。

お店から少し離れた場所までくると、あまりの苦しさに立ち止まり、右手で胸を押さえながら息を整えた。
普段あまり運動しないから、ちょっと走るだけでも息切れしてしまう。
男の人ってなんか苦手…
女子校に通う私は、男の人に関わる機会がほとんどない。
たまに女友達の知り合いの男の子と遊ぶことはあるけど、お兄ちゃんか俊が必ずついて来て、私と男の子が接触するのを妨げようとしてくる。
隣を歩くのも、隣に座るのも、ゲームで対戦する時に決めるペアも、相手はなぜかいつもお兄ちゃんか俊。
女友達とお店に向かって歩きながら話している時でさえ必ず横にいて、気づいた時には私達の会話に入り込んでいる。
女友達はお兄ちゃんや俊が来るのを大歓迎してくれるけど、兄弟がついて来るのって、結構恥ずかしいんだよね。
それでもやっぱりお兄ちゃんか俊が一緒にいてくれると安

心する。
この先も二人がいてくれれば彼氏がいなくてもいいかなと思う私は、一生結婚できないかもしれない。

来た時は結構人通りが多かった道も今は人の気配がなく、閑静な住宅街となっていた。
恐怖心が芽生えはじめた私は自然と急ぎ足になっていて、お店から出て10分もしないうちに、ちょうど駅とお店の中間地点にあたる大きな公園のところまでやって来た。
来る時は近くに人がいたからなんとも思わなかったけど、誰もいない夜の公園って怖いな…
走って公園の前を通り過ぎようとしたその時、
バンッ——
道の左端に止められたワゴン車のドアが勢いよく開き、ビクッと体が震え上がる。
……何？
恐る恐る音がした方向に顔を向ける私の前に、突然数人の男性が姿を現した。
ドクンドクンと大きく心臓が脈打つ私は、徐々に距離を詰めてくる男性達に足が竦《すく》んでしまい、その場から逃げ出すことができない。
「ねぇねぇ、一人なの？　イヴなのに一人なんて寂しいっしょ？」
「俺等と遊ばね？」

「これからドライブ行くんだけど、一緒に行こうよ〜」
「へぇ〜めちゃめちゃ可愛《かわい》い顔してんじゃん」
「彼氏と喧嘩でもしたのかな？」
公園の外灯がさっきまでは見えなかった顔を照らしだし、目の前にいるのは20歳前後の人達だということを教えてくれた。
車から降りてきたのは五人。
怖くて動けなくなった私を取り囲む。
「は、早く帰らないと、家の人が心配するので…」
か細い声を出しながら、持っていたバッグを胸の前で抱きかかえると、男性達は楽しそうに笑いだす。
「震えちゃって可愛い〜」
「いいじゃん、いいじゃん!!　なんなら家まで俺達送ってってやるから」
一番背の高い男の人が私の肩に回そうと腕を伸ばしてくると、
「いやっ!!」
私はその人を勢いよく突き飛ばした。そして咄嗟《とっさ》に公園の中へ走って逃げた私の耳に、「おっとっと」と後退したその人が、
「可愛い〜」
笑った声が聞こえてきた。

公園の中を走りながら、さっき入ってきた出入り口以外に

出られるところを探した。
「待ってよ～」
後ろから聞こえてくる声に、男性達が追いかけて来ていることがわかる。
隠れた方がいいのかこのまま逃げた方がいいのかわからないまま、震えている足を前へ前へと必死に踏み出した。
怖い、怖いよ…
お兄ちゃん、俊、助けて!!
お兄ちゃん―――…
心の中で叫び続ける私は、
“あっ、あそこから出られる！”
もう一つの出入り口を見つけさらに速度を上げようとしたけれど、ガクガクに震えていた足がとうとう縺《もつ》れコケてしまった。
「いたっ」
顔を上げると、バッグが２m近く離れたところに落ちていた。
手が震えている。
足はさっきまで動いていたのに、今は言うことを聞いてくれない。
立てない…
「いたいた。こっちこっち！」
迫ってくる男性の叫ぶ声に、座り込んだまま振り返ると、さっきの五人組の姿が視界に入る。

「あちゃ〜かわいそうに。怪我《けが》してるじゃん」
「大人《おとな》しくしてくれれば、怪我なんてしなくて済んだんだよ？」
目で私を捉《とら》えながら笑みを浮かべる男性は、もうすでに数mの距離まで近づいてきていた。
「────ッ…」
こ、声が出ない。
助けを呼びたいのに口が開くだけで、肝心の声がさっきから全然出てこない。
どうしよ…誰か…誰か助けて…
１ｍとない距離まで詰め寄った男性が、涙ぐむ私を見下ろす形で前に立った。
「ここでよくね？　お仕置きしとかねぇと」
「公園はまずいだろ？　誰か来たら……」
「誰も来ねぇよ」
「あっちの方だったら誰か来ても見えねぇだろ」
「連れてこうぜ」
さっき突き飛ばした男性が口元に笑みを作りながら、私に向かって手を伸ばしてくる。
「もう逃げないでね〜」
「やっ───…」
…──お兄ちゃん!!
私の体に触れようとする手に、ギュッと目を瞑《つぶ》ったその時、
「何してる」

低い声が聞こえてきた。

第2章
人生を変えた夜

夜の公園　Ⅰ

私の腕を掴《つか》もうと伸びてきた手が、ピタッと止まる。
目を開けゆっくり顔を上げると、後ろに顔だけ振り返らせている五人組が見えた。
――…誰？
視界が塞《ふさ》がれ、前の方が見えない。
「何してるかって聞いてるんだけど？」
今度はさっきとは違う声が聞こえてくる。
「なんなんだよ、お前等。別に何もしてませんけど？」
「あっち行ってろ！」
シッシッと手で追い払う動作をしながら五人組が、ゆっくりと歩きはじめる。
あそこに誰かいる…
視界が広がったことによって、私は少し離れたところに二人の男性が立っていることに気がついた。
一人は火の点《つ》いたタバコを右手の人差し指と中指に挟み、反対の手はズボンのポケットに入れている。
もう一人は腕を組んでいて、二人とも一歩また一歩と近づいて来る五人組を黙って見据えていた。
「――ッ…」
恐怖で動くことも、声を出すことさえもできない私の前で、二人に１ｍぐらいの距離まで詰め寄っていく五人組。

腕を組んでいる男性が、
「あの子、嫌がってるように見えるんだけど？」
チラッと私に視線を投げかけた。
「は？　関係ねぇだろ！」
「関係なくない。俺達の縄張りで勝手なことされちゃ困るんだよね」
「はぁ？　何意味わかんねぇこと言ってんだよ!?　怪我してぇのか？」
怒声を上げながら二人にさらに男性達が詰め寄っていこうとする。それを仲間の一人が慌てて止める。
「お、おい…ちょ、ちょっと待て!!」
「なんだよ」
足を止め、不機嫌そうな声を出しながら振り向く四人。
「や、やべぇ…」
「あ？　お前まさか、こんなガキにビビッてんの？」
「こ、こいつ等……や、やべぇって!!」
仲間を止めた男性がすごく怯《おび》えた様子で、首を横に振りながら一歩ずつ後退する。
「はぁ？　お前ビビりかよ？」
「どうしたっちゃたわけ？」
仲間をあざ笑う声が静かな公園に響き渡った。
その後、しばらくして笑いを止めた一人の男性が、「情けねぇ奴」とペッと唾《つば》を吐くと、さらに二人に迫っていく。
「おい、ガキはガキらしくお家《うち》に帰ってお勉強——…」

ドカッ――
それは私が目を瞑っている間の、ほんの一瞬の出来事だった。
詰め寄った男性がタバコを持つ男性の胸ぐらを掴もうとするのと同時に、
危ないっ！
咄嗟に目を瞑った私は次の瞬間、鈍い音と人の倒れるような音を耳にする。
「……うッ――…」
人のうめき声に恐る恐る私が目を開けると、片手をポケットに入れたままタバコを口に咥えている男性と、地面に倒れ込んでいる人の姿が視界に飛び込んできた。
な、何が起きたの…？
状況が呑《の》み込めず、頭が混乱する私を他所《よそ》に、
「こいつの蹴《け》り、やべぇんだよな」
腕を組んでいる男性が楽しそうに笑う。
「――…グッ―― ゲホッ…」
その場で苦しそうにお腹を抱え、咳《せ》き込む男性。
その人の仲間は、
「………」
一瞬の出来事に茫然《ぼうぜん》と立ち尽くす。
一方タバコの煙を吐き出す男性は、
「汚ねぇ手で触ろうとしてんじゃねぇよ」
下に落としたタバコを足で揉《も》み消すと、その手もズボンの

ポケットにしまった。
『何してる』
最初に耳にしたあの低い声は、さっきまで一言も話さなかったこの人の声なんだとすぐにわかった。
「や、やべぇよ…こ、こいつら“鬼龍《きりゅう》”だ」
「き、鬼龍――…!!!!」
「う、嘘《うそ》だろ!?」
「やべぇって…に、逃げろ!!」
ひどく取り乱した様子の四人はその場から駆け出す。
倒れ込んでいた男性もよろめきながら立ち上がると、
「ま、待ってくれよ!!」
お腹を押さえながら二人の横を通って、仲間を追いかけて行った。
完全に五人組の姿が見えなくなって二人の視線が私に向けられた時、
「あ〜おったぁ。めっちゃ捜してんで!! 勝手にいなくならんとってや〜」
手を振りながら近づいてくる関西弁の男性が、二人の背後から見えた。
「よくここがわかったな」
「さっき変な奴等が悲鳴上げながら公園出てくるん見て、お前等やと思ったわ。何したん？」
「隼人が蹴り入れた」
再び腕組みしている男性が笑いながら答える。

「そりゃ気の毒やな～病院行き決定や」
「…手加減してる」
そう言って“隼人”と呼ばれた人は、ポケットからタバコを取り出し口に咥えると、手で風を遮りながらライターで火を点けた。
隼人さんっていうんだ…
「お前の手加減って信用できひんねん」
「………」
「俺も参加したかったわ～」
関西弁の男性が頭の後ろで手を組むと、
「うるせぇぞ」
口から煙とともに言葉を吐き出した隼人さんは、離れたところにあるベンチへと向かって歩き出す。それと同時に別の男性が私の方に歩み寄ってきた。
「大丈夫？」
目の前で足を止めた男性が、しゃがんで私の顔を覗《のぞ》き込む。
「あっ――…」
“ありがとうございます”ってお礼が言いたいのに、恐怖が残っていて、声を出すことができない。
手もまだ少し震えていた。
「怪我してるよ」
指を差された膝《ひざ》の辺りを見るとタイツが破れていて、そこから血が出ていた。さっきコケた時に、擦《す》り剥《む》いたみたい。
「なんや？　なんかあったんか？」

近づいてきた関西弁の男性が上体を屈《かが》め尋ねてくると、
「和也《かずや》、あそこのカバン取って」
仲間の男性が私の後ろを指差す。
「ん?? あぁ。って、なんで俺やねん！」
「いいから早く取れ」
「わ〜ったよ」
“和也さん” はしぶしぶ体を起こし、私の横を通り過ぎて行った。
「立てる？」
優しく問い掛けられた言葉に、私は黙ったまま頷く。
だけどいくら足に力を入れてもうまく立ち上がれず、
「手、貸すから」
それに気づいた男性の伸ばしてきた手が私の腕に触れた瞬間、ビクッと反応してしまう。
「ご、ごめんなさい」
慌てて謝ると、その男性は微笑みながら、「起こすよ？」と腕を掴み、立たせてくれた。
「あ、あの。助けていただいてありがとうございました」
「膝、大丈夫？　他に怪我してるところない？」
「あっ、はい」
深々と下げていた頭を上げると、
「なんや？　やっぱなんかあったんか？」
私のバッグを持った和也さんが私達に交互に視線を向ける。
さっき、私のバッグ拾ってきてくれたんだ!!

「あ、あの――…」
「家――…」
同時に発せられた言葉に、私は自分の言葉を呑み込んだ。
和也さんからもう一人の男性に顔を向けると視線が絡み合い、
「家、この近く？」
ニコッと笑ったその人が、優しい声色で尋ねてきた。
「あっ、いえ」
「ここまで何で来たの？」
「電車です」
「電車かぁ。駅どこ？　送ってくよ」
「だ、大丈夫です！　一人で帰れますから！」
助けてもらった上に、送ってもらうなんてできないよ!!
私は手と首を横に振りながら答えた。
「車あるし、その足じゃ歩くと痛いでしょ？」
「いえ、本当にもう大丈夫ですから！」
「でもさっきみたいなことがまた起きたら、俺達が助けた意味なくなっちゃうから。送らせて」
男性が柔らかな微笑みを見せると、
「あ～!!　修平《しゅうへい》がナンパしとる～!!」
私達を指差す和也さんが大声で叫ぶ。その視線の先にはベンチに腰掛けタバコを吸っている隼人さんの姿があった。
「隼人、修平がナンパしとるで!!」
隼人さんのところへ駆け寄って行く和也さんを目で追って

いると、“修平さん”は「ごめんね。あいつバカだから」と苦笑いを浮かべた。
「とにかく心配だから送らせて。歩ける？」
「は、はい…」
結局、送ってもらうことになっちゃった…
修平さんが私を気遣いながらベンチの方に向かって、ゆっくりと歩きはじめる。
少し離れたベンチには、隼人さんにひたすら話し続けている和也さんと、別の方に顔を向けながらタバコを吸っている隼人さんが座っていた。
「俺も喧嘩したかったわぁ」
「………」
「二人だけずるいわぁ」
「………」
「俺、隼人の蹴り食らった時、あばらやられてんな」
「…………」
和也さんの声が静寂な公園に響き渡る。何げなく二人を見ていた私は、和也さんの抱えているものに目を奪われた。
あれ??　あのバッグ……!?
私、和也さんにバッグ持たせっぱなしだった!!
それに、隼人さんにも助けてもらったお礼まだ言ってない!!
今さらそんなことに気がついた私は、
「名前聞いていい？」

「えっ!?」
修平さんの突然の問い掛けに、素《す》っ頓狂《とんきょう》な声が出た。
「あっ、俺は修平。んで、あそこでベラベラ喋ってんのが和也。隣でタバコ吸ってる奴が隼人ね」
修平さんの二人に向けられていた視線が再び私に戻り、
「美咲です」と答えると、
「美咲ちゃんかぁ。可愛い名前だね」
修平さんはニッコリ微笑んだ。

夜の公園　Ⅱ

「隼人、行こうぜ」
ベンチから数m離れたところで足を止めた修平さんと私に、隼人さんが視線を向ける。
「俺の名前はないんかい!!」
「美咲ちゃん送ってくから」
無視されたことに不満を持つ和也さんが、「おい!!　俺の話聞いとるんか！」と勢いよく立ち上がる。
公園は外灯があるとはいえ全体的に薄暗かった。
だけどちょうどベンチのすぐ傍にある外灯が、隼人さんの顔をはっきりと映し出し——…
座っている隼人さんの見上げる目の鋭さと迫力に、私はその場に固まってしまった。
こ、怖い…お礼を言わなくちゃいけないのに、どうしよ…
「お前は少し黙ってろ」
「なんで俺をのけ者にすんねん!!」
「うるせぇなぁ」
ため息を吐《つ》く修平さんに、「なんやと！」と和也さんが怒って詰め寄る。
二人のやり取りを数歩後ろで見ていた私は、隼人さんと目が合った瞬間、パッと顔を背けてしまう。それでも、
ど、どうしよう…

隼人さんの鋭い視線が、俯《うつむ》いている私に痛いほど突き刺さってきた。
“ありがとうございます”って言わなくちゃ…
頭ではわかっているにもかかわらず、射《い》るような視線にただただたじろぐ私は、
「行くぞ」
しばらくして発せられた隼人さんの言葉に、顔を上げた。
修平さんと和也さんの会話もピタッと止まり、同時に二人の視線が動く。
その視線の先には、地面に落としたタバコの火を揉み消し、ゆっくりと腰を上げる隼人さんの姿。
足元には吸殻がいくつも落ちている。
私達の横を通り過ぎていった隼人さんの後ろ姿をひっそりと目で追っていた私は、
「美咲ちゃん、行こうか？」
修平さんの声に視線を戻した。
“はい”と返事しようとした時、何かがお尻《しり》に当たる感触がして震え上がる。
な、何…？
ゆっくりと振り返ると、
「お前コート汚れとるで」
腰を落とし、私のバッグを持っている反対の手でお尻についた土を払ってくれている和也さんの姿があった。
「あ、ありがとうございます…」

「ええよ、ええよ」
和也さんの両方の口端が、ニッと吊《つ》り上がる。
その直後、バシッという甲高い音と「いてっ」という悲痛な叫び声がした。
「和也、セクハラだぞ」
「な、なんでやねん！　俺の優しい心遣いやんか!!」
叩《たた》かれた頭を手で押さえ、立ち上がった和也さんが慌てて反論する。
「お前の下心が手に取るようにわかる」
「なんやと!!」
「美咲ちゃん、行こう」
「無視かよ！」
修平さんが一歩足を踏み出し振り返ると、二人のやり取りを苦笑いして見ていた私は、「はい」と小さく返事をし、足を前に進めた。

夜の公園は、お昼とは雰囲気が全く違う。
カラフルな色をなくした公園はちょっと不気味だった。
昼間は楽しそうに見える滑り台や砂場も、夜になるとポツンと取り残されたみたいで、今は私に寂しさをもたらす。
そんな一人では絶対に近づけない公園でも、修平さんや和也さんが隣にいるだけで安心することができた。
「和也さん、あの、バッグ持たせたままですみません」
修平さんと和也さんに挟まれる形で歩いている私が、バッ

グを受け取ろうと伸ばした手は、
「いいよいいよ。和也に持たせといて」
修平さんの言葉に行き場を失う。
「でも…」
「中身探ったりしないよう見張っておくから、安心して」
「おい、俺を泥棒扱いするんちゃう!!」
和也さんは仏頂面になって、修平さんを睨みつけた。
さっき数分遅れて追いかけていった私達を、隼人さんは少し離れたところにある、外灯にもたれかかって待ってくれていた。
胸の前で腕を組み、目を閉じていた隼人さんは私達の声が聞こえてくるとゆっくりと目を開け、数mの距離まで私達が近づくのを待って、歩き出した。
修平さんも和也さんも、私が怪我をしていることに気遣って歩く速度を落としているのに、隼人さんとの距離が広がることはなく、隼人さんも私達のペースに合わせ、ゆっくり歩いていることがわかる。
声を掛けられる近い距離にいるにもかかわらず、それができないのは、
「いや〜さっきの奴等助かったなぁ。今日隼人が機嫌悪かったら、数ヶ月は病院生活やったで〜」
「今まであいつに病院送りにされた人間、何人おったかなぁ〜500は軽く超えとるんちゃうか」
「あいつ、喧嘩最強やねんな〜」

「怒らすとヤバイから、美咲も気ぃつけや」
隼人さんと合流する前、和也さんが楽しそうに聞かせてくれた隼人さんの話に、怯えたからに違いない…
私達の数歩前にいる隼人さんはこっちに振り返ることなく、黙ったまま両手をポケットに入れゆっくりと歩いている。
いまだにお礼を言えてない私だけど、隼人さんの優しさは少しずつ伝わっていた。

公園の中を歩いている間、修平さんと和也さんは他にも色々な話を聞かせてくれた。
和也さんの家がこの近くにあること。
その和也さんが今日忘れ物をし、取りに戻って来たこと。
その和也さんを修平さん達が公園の近くで待っていた時、男の人達の叫ぶ声が聞こえ、何やらよくない雰囲気を感じ取り来てくれたらしい。
「本当にありがとうございます」って再度お礼を言うと、「いえいえ」と修平さんは優しい笑みを作った。
その後すぐ、「俺が忘れ物したおかげで美咲は助かってんで」と胸をドンッと叩く和也さんの声が聞こえ、「和也さんもありがとうございます」ってお礼を言うと、なぜか和也さんは恥ずかしそうに頭を掻《か》いていた。

車内

結局隼人さんには何も言えないまま公園を出た。
私って小心者なんだな…
隼人さんの背中を見つめながら小さなため息を吐いた私は、公園から少し離れたところに止められた一台の車を目にする。
ガチャ——
隼人さんが近づくとドアの開く音が響く。
その数秒後に現れた男性が後部座席のドアを開けると、隼人さんが無言で車に乗り込んだ。
「和也、お前は前に乗れ」
修平さんの言葉に和也さんは、「なんだよ」ってブツブツ文句を言いながら助手席のドアノブに手を掛けた。

「美咲ちゃん、乗って」
男性に何かを話し終え後部座席に乗った修平さんが、中から顔を覗かせ手招きをする。
少し躊躇《ためら》いながらも、
「失礼します」
私が隣に腰掛けると、そこに立っていた男性がドアを閉める。
その光景を窓からぼんやりと見ている私に、

「まず美咲ちゃんの家の近くにある駅まで行くから、そこから案内してね」
修平さんが声を掛けてきた。
後部座席の窓側に隼人さんと私、その間に修平さん、そして助手席に和也さんが座った。そこにさっきの男性が運転席に着き車がすぐに発進されると、修平さんが口を開いた。
「美咲ちゃんって中学生？」
「はい、そうです」
「何年？」
「３年生です」
ニッコリ微笑む修平さんの質問に私が答えていると、
「なんや～美咲は俺等の１コ下なんか～」
助手席のシートに手を掛け、和也さんが後ろに振り返る。
えっ!?　高校１年生!!
和也さんはともかく、隼人さんと修平さんは大人っぽいからもうちょっと上かと思ってた…
お兄ちゃんと同い年なんだ。
目を見開きながら修平さんと和也さんに交互に視線を送っていると、
「中３ってことは美咲ちゃん、受験生なんだ」
私の考えていることがわかったのか、修平さんは苦笑いを浮かべた。
「あ、はい」
「勉強かぁ～俺がこの世で一番嫌いな言葉やわぁ」

大きなため息を零《こぼ》し、頭の後ろで手を組んでシートにもたれ掛かる和也さんに、
「お前勉強したことねぇだろ」
すかさず修平さんが嫌みっぽく突っ込んだ。
和也さんは元気を取り戻し、「なんやと!!」と振り向いてきたけど、すでに修平さんの視線は私に注がれていて、
「頑張ってね」と微笑んだ。
その時、携帯の着信音が車内に流れる。
「ちょっとごめんね」
ポケットから取り出した携帯を、修平さんが耳に当てる。
なんとなく前を向いたままでは居辛くて外の景色を眺めていると、電話の相手に相槌《あいづち》を打っている修平さんの声が耳に入ってくるとともに、強い視線を感じた。
顔を向けると和也さんがジーッと私のことを見つめていたので、“ん？”と首を傾げると、ニヤッと和也さんが笑う。
そんな和也さんを不思議に思いながらも、「あぁ、わかった」と電話を切った修平さんに名前を呼ばれ、私は視線を向けた。
「ごめん、美咲ちゃんを送る前にこの二人を先に降ろすから、寄り道させてもらってもいいかな？」
「あ、はい」
「少し遅くなるけど、大丈夫？　家の人に怒られない？」
「大丈夫です。一人なので」

「そうなの？　じゃあ悪いけど先に寄らせてもらうね」
申し訳なさそうな表情を浮かべる修平さんが、「戻って」と声を掛けると、「はい」と返事した運転手さんはハンドルを切った。

「美咲、まさか一人暮らしなんか？」
和也さんが私の顔を覗き込もうと、シートから少し身を乗り出す。
「いえ、兄と弟と暮らしてるんですけど、明日の朝まで帰って来ないので…」
徐々に声が小さくなってく私の脳裏に、お兄ちゃんと俊の顔が浮かんできた。
お兄ちゃん達大丈夫かな？　問題が起きたみたいだけど…
でもお兄ちゃんと俊二人が一緒なんだし大丈夫だよね！
二人が揃《そろ》えば最強だもん！　絶対に誰にも負けない！
そう思う私は相当なブラコンだって思われるかもしれないけど、お兄ちゃん達のことが好きなのは事実だから否定はしない。
「なんや〜美咲置いて彼女んとこ行ったんか〜薄情な奴等やな」
「自分に彼女いないからってひがみ言うんじゃねぇよ」
修平さんの鋭い突っ込みに、私が口元を押さえ笑っていると、
「な、俺はつくれるけどつくらんだけや!!　コラッ、美咲

笑うんちゃう!!」
和也さんに怒られてしまった。
修平さんと和也さんとはさっき会ったばかりなのに、二人と話すの楽しいな。
まだ隼人さんとは一言も話せてないけど…
チラッと視線を動かすと、腕を組みながらシートに深く腰掛けている隼人さんは、一言も話すことなく窓の外を眺めていた。
よし!! 覚悟決めなきゃ!!
緊張で速まる鼓動を落ち着かせようと、大きく深呼吸したあと、
「あの…隼人さん…」
おずおずと声を掛けた私に、隼人さんの視線が窓からゆっくりと移される。
車内は薄暗かったけど、私より座高のある隼人さんが見下ろしてくる鋭い目付きが見え、思わずコートの裾を握り締めた。
怖い…で、でも怯《ひる》んじゃダメ…
「さ、さっきは…助けていただいてありがとうございました…」
頭を下げながら出てきた声は、静かな空間にもかかわらず、相手に聞こえているのかわからないほど小さかった。
き、聞こえたかな…?
隼人さんの射るような視線を受け、頭を上げることができ

ない私の不安は、
「あぁ」
返ってきた隼人さんの言葉に消え去った。
胸のつかえが下りホッとした私が目線を上げると、和也さんと目が合った。
「美咲、お前可愛いから俺の女にしてやってもええぞ」
和也さんが満面の笑みを私に見せる。
あっという間の出来事だった。
恥ずかしくて私が俯くのと同時に後ろに身を乗り出していた和也さんを修平さんが思いっきり引《ひ》っ叩《ぱた》く。
「いでっ!!」
次の瞬間には、和也さんの悲痛な叫びが聞こえてきた。
車内は暗いから見えないけれど、きっと顔は真っ赤になってると思う。
和也さんが冗談で言ってるのはわかっているけど、私告白されたことないから、“彼女にしてやる”みたいなこと言われたの初めてで…すごく恥ずかしい…
「ってぇな…今本気で殴ったやろ!!」
「お前はいっぺん死んでこい」
そう言って座り直した修平さんが、視線を落としている私の方に体を向けると、「迷惑だって言っていいからね」と笑う。その言葉に顔を上げた私は、ジッと私を見据えている隼人さんと視線が重なった。
怖くなった私が目を逸《そ》らすと、隼人さんの視線も窓の外へと移動する。

その後の車内は居心地が悪かった。
楽しそうにずっと話しつづけている和也さんと、それに対し修平さんがたまに反応していたけど、私はボーッと窓の外を眺めていた。
それでも頭の中に浮かんでくるのは、お兄ちゃんと俊の顔。
二人は今頃何をしてるんだろう、明日の朝ご飯何作ろうかなって、ずっと考えていた。
昔三人で一緒に過ごしたクリスマスのことを振り返っていた時、
「美咲ちゃん、もうすぐ着くからね」
修平さんの声にハッとした。
「あっ、はい」
「建物の中に救急箱あるから手当てしてから送るよ」
小さく頷く私に修平さんが微笑む。すると、
「おい」
隼人さんの低い声が車内に響き渡った。
一気にピリッとした緊張感が走った。
修平さんの方を向いていた私の視界にはもちろん隼人さんの姿も映っているので、窓から視線を移した隼人さんが修平さんを睨みつけているのがわかる。
「すぐに帰すから大丈夫だよ」
修平さんが隼人さんの方に振り向き、そう答える。

修平さんの声は落ち着いているし、チラッと向けた視線の先にいる和也さんに至っては、ニッと笑顔を見せながら、「美咲、俺の女になるか？」と再び冗談を口にしてくる。
どうやら怯えているのは私だけみたい…
苦笑いする私の横から修平さんと隼人さんの鋭い視線を浴びる和也さんは、悪戯《いたずら》っぽく笑って肩を竦めた。
「そういう問題じゃねぇだろ」
修平さんの方に向き直り、少し威圧するような声を出す隼人さん。
「会わないようにすれば大丈夫だよ。それに早く手当てしないと、傷残っちゃうかもしれないし」
私の膝に目を向けて言った修平さんの言葉にピクッと顔をしかめる。
「裏から回れば気づかれない。あの人に見つからなきゃ大丈夫だよ」
淡々とした口調で続けられた言葉に、さらに隼人さんの眉《み》間《けん》のシワが深まると、隼人さんの放つ鋭い眼光に私は怖くなってこれ以上顔を向けておくことができなかった。
よくわからないけど、今向かっている場所に私が行くのを隼人さんが快く思っていないことだけは察知できた。
バッグの中に携帯もあるし、お金もちょっと多めに持っている。
よし!!
頭の中で考えがまとまり、自分で自分に頷いた私は、

「あの、私タクシー拾って帰るので、ここで結構です。降ろしていただけますか？」
修平さんと隼人さんの視線を一旦《いったん》は受けるものの、
「まぁまぁ、隼人。俺も美咲についとるから」
「ほら。和也も頼りないけど、一緒にいてくれるって言ってるし」
「誰が頼りないねん!!　喧嘩売っとるんか!!」
完全に無視されてしまった……

溜まり場

その後は声が掛け辛く、何も言えなかった。
和也さんが一人ブツブツ文句を言っていると、大きくカーブした車は広い敷地に続く門をくぐり、大きい建物が視界に飛び込んできた。
この敷地内には、バイクや車がたくさん止められていて、大きなエンジン音を出しながら走り回るバイクや車もあった。
人も数え切れないほどたくさんいる。
バイクをいじっている人、しゃがみ込んで楽しそうに話している人、走っているバイクの後ろで立って叫んでいる人、何かを振り回している人。
な、何——…!?
外の光景に茫然としていると、建物の入り口から少し離れたところに車は止まり、数人の男性が近づいてきた。
後部座席のドアを挟み、向かい合う形で男性が二列に並んだのが隼人さんの座る側の窓から見える。
「俺は知らねぇぞ」
さっきから何も話さなかった隼人さんが、修平さんに向かって口を開いた。
それに反応し、つい隼人さんの方に顔を向けてしまった私は隼人さんと目が合って——…

サッと顔を背けてしまう。
ど、どうしよう…
私、絶対感じ悪いよね。でも体が勝手に反応しちゃう…
お礼は言えたけど、隼人さんは私がここに来るのをよく思ってないみたいだし、目は逸らされちゃうし、きっと私のこと嫌ってるだろうな…
頭の中が錯乱《さくらん》状態になっていると、外にいる男性が向こう側の後部座席のドアを開け、
「………」
隼人さんは無言で車を降りていった。
並んでいた男性は、隼人さんが前を通り過ぎると下げていた頭を上げ、その背中を追って歩き出す。
数人の男性を引き連れ、入り口へと向かう隼人さんの後ろ姿を、開いているドアから目で追っていると、
「あっ!! 隼人!! もう遅い～」
駆け寄ってきた二人の女性が、両手をポケットに入れ歩く隼人さんの腕に自分の腕を絡めた。
隼人さんの彼女さんかな？
すぐにドアは閉まり、再び車は発進された。

「美咲ちゃん、悪いけど裏から回るからね」
そう口にしながら修平さんが反対側のドアに詰める。
隼人さんがいなくなった車内は一気に広くなり、さっきまでの独特な緊張感がなくなっていた。

ピリピリしていたのは私だけかもしれないけれど、それでも空気が変わったのは確かだ。
「あの、いいんですか？　私、ここにいたらまずいんじゃ…」
「あぁ。さっきのね。んーここにいることがまずいんじゃなくて、総長に見つかるのがまずいんだよね」
ためらいがちに尋ねた私の言葉に、修平さんは苦笑を漏らす。
そっかぁ、その人に見つかるといけないんだ…
ん？　総長？
総長って何？　えっ!!?
「あ、あの…総長って……えっ!?」
「なんや美咲、気づいとらんかったんか。俺等暴走族やねん」
慌てふためく私を尻目に、後ろに振り返った和也さんがニンマリとした笑みを作った。
えええぇぇ!!!?
思わず叫びそうになり、手で口を塞いだ。
目を見開いた状態で、修平さんと和也さん両方の服と顔を交互に見てしまい——…
…よく見ると、修平さんはダークブラウンのロングコート、和也さんは紫色のダウンジャケットを前も閉めずに着ていて、そこから黒い服が見える。
ズボンもジーンズとはちょっと違う。

隼人さんは黒のレザージャケットを着てたっけ？
中に着てたの、特攻服なんだ…
「上着てるから気づかないよね。走る時はもちろん特攻服だけなんだけど」
ジーッと修平さんの服を凝視している私に、修平さんが笑いながらそう言ったけど、
「そ、そうなんですか…」
少しの間を置いて出てきた私の言葉は、たったそれだけだった。
でも私はお兄ちゃん達が暴走族だからか、暴走族に対して怖いというイメージは他の人達に比べれば強くない方だと思う。
親しみがあるわけじゃないけど…
お兄ちゃん達と同じチームの人を私は二、三人しか知らない。
お兄ちゃんは学校の友達でさえ家に連れてこない。
昔一度だけ友達を連れて来たことがあった俊も、その夜なぜかお兄ちゃんに怒られ、それ以来俊が友達を連れて来ることは一切なかった。
家にお兄ちゃん達を迎えに来る人達も、玄関に入ることなく外で待ってるし、お兄ちゃん達を見送る時も、「外まで来るな」って言うからいつもリビングか私の部屋で済ませちゃうし、本当に会うことがない。
「あの、総長さんって一番偉い人なんですよね？　もし見

つかったら修平さん達まずいんじゃ……」
私はふと思った疑問を口にした。
もし見つかったら修平さん達が怒られたりするんじゃないのかな？
よくわからないけど、そういう世界って上下関係に厳しいんだなって、お兄ちゃんと俊の会話を耳にして思ったことがある。
そう心配していた私に、
「まずいのは俺達じゃなくて、美咲ちゃんなんだよね」
修平さんが気まずそうに眉尻《まゆじり》を下げた。
えっ、私!!??
「あっ、別に美咲ちゃんに危害を加えるような人じゃないよ？　ただ…総長の前に女の人を連れて来るなっていう暗黙のルールが俺達の間にあるんだ。連れて来る時はそれなりの覚悟が必要っていうか…」
目を見開く私を見て慌てて否定した修平さんは、話すにつれ困ったような声になり、最後の方では苦笑いも含まれていた。
説明されているにもかかわらず、言われている意味がよくわからない私は、
「ある意味、危害っちゃー危害やけどな」
そう付け足された和也さんの言葉に、さらに疑問符が頭の上に浮かぶ。だけど、
「俺達の傍にいれば見つからないから大丈夫だよ」

修平さんの言葉に黙って頷いた。
それでも安心することができなくて、どこか落ち着きをなくしていると、それに気づいたのか、
「もうすぐ今の総長が引退して、隼人が新しい総長になるんだよ」
修平さんが話題を変えた。
「隼人さんが…？」
「そうやで〜隼人が総長になったら、美咲も遊びに来れるようになるで」
私が驚いた声を上げると、和也さんが満面の笑みを作る。
だからさっきの人達、隼人さんに頭下げてたんだぁ。
総長ってことは、チームを引っ張っていくってことだよね。
確かに隼人さんの持つ雰囲気は特別なものがあった。
オーラが違う。
チームを牛耳《ぎゅうじ》る力があるのが一目見ただけでわかる。
「クリスマスに大きな走りがあって、それが今の総長の引退式になるんだ。そのあと朝まで騒ぐから…そうだな、美咲ちゃん、27日以降に遊びにおいで」
修平さんの笑顔で包まれた言葉に、「はい…」と小さく返事はしたものの、隼人さんが総長になっても遊びに来ることはないんじゃないかなと思った。
でもこれだけお世話になって、なんのお礼もしないなんてできないよね。
どうしよう…男の人は何をもらったら嬉しいのかわからな

い。
甘いものとか嫌いかな？　お菓子とかじゃダメだよね？
ここに来るのは気が引けるから、どこかで待ち合わせできないかな…
一人あれこれ悩んでいると、もうすでに車は裏に到着していて、門を入ったすぐのところに停車された。
「美咲ちゃん、俺達から離れないでね」
和也さんが外に出たあと、真剣な面持ちで振り返った修平さん。
私の「はい」という返事を聞くと優しく微笑み、ドアノブに手を掛ける。修平さんの背中に続き、
「ありがとうございました」
運転手さんにお礼を言って私も車を降りた。

表と違ってここは、ドアやボンネットが外されている車、シートやタイヤのないバイクが数台置いてあるぐらいで殺風景だった。
裏口の前で足を止めた修平さんが、ポケットから鍵《かぎ》を取り出しドアを開ける。
その瞬間、バイクや車のエンジン音、たくさんの人の声が耳に飛び込んできた。
思わず耳を塞いでしまいたくなるほどの轟音《ごうおん》で、地響きが起きているようだった。
すごい——…中で何してるんだろう…？

修平さんに続いて中に入ると、すぐ右側に水道、その近くにはシャワー室とトイレがあった。
前方のだだっ広い空間にはたくさんの人がいる。
車やバイクも見えた。
ポカンとしていると、和也さんに腕を引っ張られ、
「美咲ちゃん」
左側にある大きな部屋のドアを開け、手招きしている修平さんに気がついた。

入った部屋は18畳ぐらいありそうな広さで、ソファー、テーブル、本棚等の他、ガスコンロと冷蔵庫が設置されている給湯室もあった。
その場に立ち尽くしていると、「美咲ちゃん、ここに座って」と修平さんに言われ、指差されたソファーに腰を下ろした。
この部屋はさっきまでの轟音が嘘みたいに聞こえず、多少の地響きは感じるものの静かだった。
「あの、ここなんの建物なんですか？」
「俺達の溜まり場として使ってる建物だよ。以前は工場だったんだ。この部屋は休憩室だったみたい。２階にも二つ部屋があってね、一つはここよりも広い部屋で、事務所に使われてたのかな。まぁ、この建物の面積のほとんどを占めてんのは作業場だったとこだけど」
「は、はい」

「多少改装してるけどね。ほら、外騒がしいから各部屋には防音設備が施してあるんだよ」
「だからこの部屋は静かなんですね」
周りをキョロキョロ見回していた私の前に、
「怪我、見せて」
救急箱を持った修平さんがしゃがみ込んだ。
「あっ、自分でやります」
右手に消毒液をしみこませたコットンを持っている修平さんに慌てて言う。
修平さんは一瞬キョトンとした表情を浮かべたけど、
「そうだね。男にされるのは恥ずかしいよね」
笑いながら、コットンを渡してくれた。
私がコットンを膝に当てている間に、修平さんが大きめの絆創膏《ばんそうこう》を用意してくれ、修平さんに「和也、ゴミ箱」と言われた和也さんが私の近くにゴミ箱を持ってきてくれた。
一通り手当てが終わり、「本当にありがとうございます」ってお礼を言うと、「いえいえ」と修平さんは笑い、和也さんは、
「これからは気をつけろよ」
ポンッと私の頭を軽く叩いた。
修平さんも和也さんも優しい。
さっき会ったばかりなのに色々気遣ってくれる。
あの時修平さん達に助けてもらえて本当によかった。
「あの、さっき隼人さん怒ってましたけど、大丈夫です

か？　隼人さんが反対する中、ここに来てしまったので…修平さん達あとで怒られたりしませんか？」

私は、救急箱に消毒液やコットンの箱を片付けている修平さんに声を掛けた。

「美咲ちゃん、隼人怖い？」

手を休めた修平さんが、目で笑いながら私に視線を送る。

「怖いというか…」

質問に私が口ごもっていると、携帯の着信音が鳴り、

「ちょっとごめん」

顔の前に手を立て謝る修平さんが電話に出た。

「美咲、何か飲むか？」

声が聞こえ振り向くと、冷蔵庫のドアを開け、中を覗き込んでいる和也さんの姿があった。

今はダウンジャケットを脱ぎ黒の特攻服だけ。

少し襟が開いていて、胸元には左右対称にポケットが付けられている。

右ポケットの上には“闘狂龍神連合《とうきょうりゅうじん》”の文字の刺繍《ししゅう》が施され、右腕の上部には龍の絵、左には鬼という字があることに気がついた。

背中には一番上に少し大きく横書きで“鬼龍”と、その下には縦書きでさらに大きな“敢闘《かんとう》精神”の文字がある。

書いてある文字とかポケットの形とか細かく見れば違うけど、お兄ちゃん達の特攻服と似たようなデザインだった。

でも完璧《かんぺき》に違うのは色。

お兄ちゃん達は白の特攻服を身に纏っている。
「あっ、大丈夫です」
「遠慮すんな。カルピスとオレンジもあるで。どっちか選び」
「じゃあ…カルピスお願いします」
私の返事を聞いた和也さんは、冷蔵庫からビールとカルピスの缶を取り出し、片方を私に差し出した。
お礼を言いながら受け取る私の隣に和也さんが腰を下ろし、私がカルピスに口をつけると電話を切った修平さんが口を開く。
「和也、俺ちょっと出てくるから美咲ちゃんのこと頼む。絶対に見つかるんじゃねぇぞ」
「少しは俺を信用せんかい!!」
「美咲ちゃん、タイツの替えあるから使っていいよ。和也、あそこの引き出しにあるから取ってやれ」
和也さんは、「どこだよ」と言いながら腰を上げ、修平さんが指差した六段積み重なっている引き出し式ケースに手を伸ばす。
「美咲ちゃん、ごめんね。すぐ戻ってくるから」
「はい」
修平さんが慌てた様子で部屋を出て行くと、
「どこやどこや」
一段一段ケースの取っ手を引っ張っていく和也さんは、「おっ、これか!!」と声を張り上げ、「ほれ」と言って新品のタイツを私の前に差し出す。
……これって誰かのだよね？
もしかしたらさっき隼人さんといた女の人達のかもしれない。
知らない人の物を勝手に使うのは、気が引けるな…
なかなか受け取らない私の考えていることがわかったのか、
「遠慮すんな。ここにある女物は特に誰のってわけちゃうから」
和也さんは私の膝の上に置いた。
「あ、ありがとうございます」
私にニッと笑ったあと、和也さんは再び隣に腰掛けた。
タイツを穿き替えられることは正直ありがたかった。
いくら夜とはいえ、破れているタイツを穿いていることに恥ずかしい気持ちがなかったわけではないので、修平さんと和也さんの気遣いがとても嬉しかった。

総長

新品のタイツを受け取った私は困っていた。
「修平が帰って来たらすぐ行くから、もう穿き替えときや」
と和也さんは言うものの、近くに男の人がいるここで穿き替えるわけにはいかない。
そのことに和也さんは全く気づいてなくて——…
「か、和也さん…あの、穿き替えたいんですけど、どうしたら…」
私の問い掛けに、一瞬キョトンとした表情を作る和也さんは、
「おぉ、そうやったな！　トイレあるから案内したるわ」
何かに気がついたようにポンッと手を叩き、私はその言葉にホッとした。
「離れんとってな」
ビールを飲み干した和也さんは、私が頷くのを確認したあと、ドアを開ける。
以前作業場だったところはかなり騒がしかったけど、トイレの近くは誰もいなかった。
「ここで待っとるから」
微《かす》かに聞こえた和也さんの言葉に、私は安心してトイレの中に入った。
さすがに以前工場だったこともあり、トイレは男性用、女

性用に分かれていた。
早く戻らなくっちゃ！
私は急いで穿き替え、破れたタイツをバッグの中にしまうと、すぐに和也さんのもとへ戻った。
そして「ほな、行くで」と和也さんが一歩足を踏み出したその時、
「おい、和也。お前どこ行ってたんだよ」
知らない男性の声が聞こえてきた。
さっきまで辺りに響いていたバイクや車の爆音が消え、建物の中はいつの間にか人の騒ぐ声だけとなっていた。
そんな中、はっきりと耳に入ってきたその声に私が振り向く間もなく、
「た、た、た、武《たけし》さん!!」
ひどく取り乱した様子の和也さんが私を隠すように、“武さん”という人の前に立ちはだかった。
とりあえず見つかっちゃいけないと思った私は、できる限り縮こまり、和也さんの背中にひっそりと隠れる。
「和也さん、さっきから捜してたんスよ」
「電話しても繋《つな》がんねぇし、帰ったんじゃないかと思ってさっき迎え行かしたんですよ」
武さんとは別に、二人の男性がいるとわかった私は、バッグを握り締める力が強まるとともに、体の震えがさらに大きくなった。
和也さんの様子からして、この人達には絶対に見つかっち

ゃいけない…
「お前、今日がどんな日かわかってんだろうな」
「も、もちろんです！」
武さんが近づいてきたのか、後退《あとずさ》りする和也さんの背中に押され、私もそっと後退する。
「なら、俺放って何やってんだよ!!　ん？　誰だ？」
和也さんの後ろを覗き込もうと武さんが右に動くと、
「いや、別に!!」
それに合わせ移動する和也さんと一緒に、私もササササッと動いた。
「どけや」
私の存在に気がついた武さんが、さっきよりもドスの利いた声を出す。
「いや、ホンマなんもありませんから」
和也さんの声が少し震えているような気がした。
怖くなった私がバッグを抱えている反対の手で、和也さんの服の腰辺りをギュッと掴んだ瞬間、
「俺を誰だと思ってんだ!!!!」
突然この建物全体に響き渡るほどの大声を武さんが上げた。
さっきまで賑《にぎ》やかだった建物内がピタッと静まり返る。
震え上がったのは私だけじゃない。
和也さんもビクッと大きく体を揺らしたのが握っている服から伝わってきた。
「和也！　俺が誰かって聞いてんだろが!!!!」

再び武さんが声を荒げると、和也さんが「み、美咲…ごめん」と小さい声で呟《つぶや》く。
えっ!??　何が!?
そう思った次の瞬間には、私は三人の男性の前に出されていた。
一目でわかる。
真ん中の武さんと呼ばれる男性がきっとここの総長さん。
隼人さんとはまた違うオーラから、この人はチームを統率できる力があるって伝わってくる。
一瞬目を大きく見開いた武さんは、
「へぇ〜女の子かぁ」
私のことを覗き込むかのように足を進め、顔をジロジロと見始める。
「そうなんッスよ〜ただの女の子なんス〜そやから俺等はこれで失礼します！」
ペコッと小さく頭を下げた和也さんが私に手を伸ばそうとしてきたけれど、その時私の腕は違う手に掴まれていた。
グイッと引っ張られた勢いで武さんの胸に飛び込んでしまった私の肩に、武さんの腕が回される。
武さんの特攻服からタバコの臭《にお》いがプンプンしてくる。
えっ？　私今どういう状況に立たされてるの!?
「可愛い子じゃねぇか。お前も随分気ぃ利かすようになったなぁ。気に入ったぜ」
思わず顔を上げてしまった私に、武さんが目を細める。

「い、いや。その子そういう子ちゃうんで！」
和也さんが慌てて私を引き戻そうと、一歩足を踏み出したけれど、
「和也、俺が気に入ったって子、奪おうってのか？　あん？」
一気に表情が険しくなった武さんの凄《すご》むような声に、和也さんの動きが止まった。
「い、いや…そういうわけじゃ…」
「じゃあ黙ってろ」
武さんの私を引き寄せる腕の力が強くなる。
「か、和也さん…」
助けを求めるかのように視線を送る私に、両方のコブシをグッと握り締めた和也さんは、
「武さん、その子大事な子なんで、勘弁したってください」
膝に着く勢いで深々と頭を下げる。それと同時に、
和也さん…私のせいで…
胸が苦しくなった。
だけど和也さんのその姿をフッと鼻先で笑う武さんは、
「和也、お前俺とやり合おうってのか？　あん？」
威圧するような声と目で和也さんを見下ろし、
「――…ッ――…」
頭を下げたままの和也さんがズボンをギュッと握り締める姿に、私の胸はさらに痛くなった。
「た、武さん。和也さんがあそこまで頭を下げてるんスから…」

「そうですよ。さすがにそれは――…」
勇気を振り絞って口を開く私達の後ろにいる二人の男性。
「おめぇらは黙ってろ!!!」
武さんの一言で何も言えなくなった。
ど、どうしよう…
和也さんだって総長に逆らえるわけないし、自分でなんとかしなきゃ!!
でも、どうやって?
首を捻《ひね》って切り抜ける方法を考えていると、
「武さん、俺の女に手ぇ出すのやめてもらえますか」
背後から低い声が掛けられる。
「あん?」
グイッと肩を押され武さんと一緒に振り返ると、黒の特攻服を身に纏い、ズボンのポケットに手を入れながら毅然《きぜん》と立っている隼人さんの姿がそこにあった。
その背後にはたくさんの人の姿があって、みんな少し距離を置いたところで固唾《かたず》を呑んで見守っている。
「この子、隼人の女なんか?」
武さんはひどく驚いた表情を浮かべながら、私と隼人さん交互に視線を送る。
女って、彼女って意味だよね…?
どう答えていいのかわからず黙っていると、
「手、離してもらいたいんスけど」
隼人さんの鋭い視線の先に、私の肩に回されている武さん

の腕があった。そして、
「そいつに手ぇ出すっつーなら、俺も黙ってませんよ」
口端を上げ不敵な笑みを浮かべる隼人さんに、一瞬武さんの腕がピクッと動く。
でも、それは怯えたからとかじゃなくて——…
視線を落としフッと小さく笑った武さんは、私の肩に回していた腕をそっと離した。
ホッとしたのも束《つか》の間《ま》、武さんの腕が離れたと同時に、
「美咲、来い」
隼人さんが私に向かってスッと手を伸ばしてくる。
その手に対しどうしていいのかわからず、ただ茫然と見つめていると、
「来い」
隼人さんの口調がさっきよりも力強いものへと変わった。
どうしよ…行った方がいいのかな…？
躊躇いながらも、隼人さんのところに足を進める私は、
えっ!?
途中伸びてきた隼人さんの手に腕を掴まれ、引き寄せられる。
気づいた時にはもう、肩に隼人さんの腕が回されていた。
「出掛けてくる」
和也さんにそう言ったあと、隼人さんはすぐに歩きはじめる。

「あ、あの…」
「………」
歩きながら呼び掛けてみたものの返事はなく、隼人さんの横顔から不機嫌そうな雰囲気を感じ取り、胸が締めつけられた。
助けてもらうの二回目だもんね…
ましてや一番偉い人から助けてくれたんだもん。
隼人さんが怒るのも無理はない。
このあと、隼人さん大丈夫かな？
たくさんの人が群がっているこの建物の中は、歩くのが大変っていうぐらい人が多いのに、隼人さんの前には道が作られる。
みんなの視線が私達に集中していた。
正確には隼人さんを見てるんだろうけど、隣を歩く私にも自然と視線が向けられるので、それから逃れるかのように少し俯きながら歩いた。

「待てよ」
背後から追ってきた声に、隼人さんと私が足を止め振り返る。その先には口元に笑みを作りながら近づいてくる武さんの姿があった。
「美咲ちゃん、これ俺の連絡先。隼人に捨てられたら俺に電話してきな。慰《なぐさ》めてやっから」
ポケットから財布を取り出した武さんがその中に入ってい

た紙を私に差し出す。
「お前の女じゃなくなったら、俺の自由にさせてもらうぜ」
武さんは口角を上げ隼人さんの肩に手を置くと、
「おい和也。飲むぞ。来い」
和也さんに顎《あご》で合図し、ソファーとテーブルの置かれている場所へと歩き出した。
「は、はい！」
背筋を伸ばし、武さんのあとを追っていく和也さんは、
「美咲、ごめんな」
顔の前に手を立てながら私達の横を通り過ぎていった。
和也さんが謝ることじゃないのに…
そう思った時舌打ちが聞こえ横に顔を向けると、隼人さんが眉間にシワを寄せ、険しい表情を浮かべていた。
「行くぞ」
再び歩き出した隼人さんの腕の力が少し強くなったのを肩から感じ、「は、隼人さん…？」と戸惑ったけれど、「黙ってろ」と言われ、そのあとは口を噤《つぐ》んでいた。

帰り道

ここにいるほとんどの人が特攻服を身に纏っているけど、同じ黒は黒でも、隼人さん達とは違うデザインの特攻服を着ている人達もいることに気がついた。
そして、もう一つ。
人で溢《あふ》れ返るこの建物の中に、一際目に付く場所がある。
壁に沿って並べられた七つのソファーと、その前に同じ数だけ用意されたテーブルがある、あのレッドカーペットの敷かれている場所。
床より１ｍ半ぐらい高いところにあるので、この人込みの中、遠くからでも様子を窺《うかが》うことができた。
今そこのソファーに座っているのは和也さんと武さん、そして数人の男性だけ。
その人達に対し時々料理を運んだり、飲み物を注ぎに来る人がいるぐらいだった。
違うのはそれだけじゃない。
雰囲気が他と全く違う。
上手《うま》く言えないけど、近寄りがたい独特な雰囲気がそこにはあった。
この時の私はまだ知らなかった。
あのレッドカーペットの敷かれたところに上がれるのは、闘狂龍神連合に所属する上位16チームの各総長と鬼龍の幹部、そして組織のトップに立つ鬼龍の総長の彼女だけだということを。
ましてや、その場所の真ん中にあるソファーに私が座るだなんて、思ってもみなかった。

やっと遠くから見えていた壁が近くなってきた。
そこには今は上げられている、トラック三台でも並んで通れるほどの幅を持つ大きなシャッターと、その横にドアがあった。
ここ、以前なんの工場だったんだろう…？
そう疑問が湧いた時、
「「隼人～」」
猫撫で声を出す二人の女性が駆け寄ってくる。
隼人さんが足を止め、顔だけを振り返らせると、すぐに女の人達は前に回ってきた。
「どこ行くの～？」
一人は隼人さんの片方の腕に自分の手を絡め、
「何、この子？」
もう一人は私と隼人さんの間に強引に入ろうとしていた。
こ、この人達さっきの…！
隼人さんの彼女さん達だよね？
こんなとこ見られたら、勘違いされちゃう!!
慌てて私が隼人さんから離れようとすると、
「触るな」

隼人さんの突き放すような低い声に、間に入ってこようとしていた女の人の動きが止まった。
絡められていた女性の腕を振り払うと、隼人さんは少しの距離を取っていた私の体をグイッと自分の方に引き寄せる。
「どけ」
隼人さんの放つ鋭い眼光に、二人の女性は茫然としながら後退りしていき——…
その二人に刺すような視線を放たれた私は、
「あ、あの…」
“ここから一人で帰れますので”と言おうとした時、
「美咲ちゃん!!」
建物の出入り口から姿を見せた修平さんに、安堵《あんど》の息を吐いた。
「修平さん…」
「ごめんね。武さんに見つかっちゃったんだってね」
申し訳なさそうな顔をした修平さんが私から視線を移動させる。その視線の先にいる隼人さんは、
「こいつを家まで送る」
そう言って再び歩き出し、建物の正面に止まっている車へと近づいていく。
車の傍に立っていた男性が隼人さんの姿に気づき後部座席のドアを開けると、隼人さんに続いて私も後ろに乗り込み、修平さんは助手席に回った。

「美咲ちゃん、本当にごめんね」
車が出発してすぐ、後ろに体を捻る修平さんが小さく頭を下げる。私は勢いよく手を振った。
「いえ、私こそごめんなさい。見つからないようにって言われてたのに…」
か細い声を出しながら私が目を伏せると、
「いや、全て俺の責任だよ。本当、和也に任せるなんてどうかしてた…」
修平さんが大きなため息を吐く。
和也さん…私のことちゃんと守ってくれたのに…
ゴソゴソしはじめた修平さんは携帯を取り出し耳元に運んでいく。
話している内容から、電話の相手は和也さんだということがわかる。
修平さんの相槌を耳にしながら、ずっと肩に回されている隼人さんの腕が気になって仕方なかったので、
「あ、あの…手…」
思い切って声を掛けると、隼人さんは私の顔を見たあと、
「あぁ」と言って腕を離した。
「さっきは、ありがとうございました」
今がお礼を言うチャンスだと思った私は、隼人さんの方に少し体を向けたあと深々と頭を下げた。
「あぁ」
私の瞳《め》を見ながら隼人さんは短く返事をしてくれた。だけ

ど、
「あの、隼人さん、大丈夫ですか？　その…総長さ——…」
「気にしなくていい」
言葉を遮られたことに、また隼人さんの視線が私から窓の方へと移ったことに、隼人さんが怒っているような気がしてならなかった。
腕は離れたものの、肩と脚がまだ隼人さんに触れていたので、車が曲がる度にさり気なく離れた。
「…じゃあな」
電話を切った修平さんは携帯をしまうことなく、反対の手を額に当てる。その後ろ姿からとても話し掛けられるような雰囲気じゃないことを感じ取った。
短い沈黙が車内を包む。
それを破ったのは隼人さんだった。
「だからすぐ帰せっつったんだよ」
修平さんを隼人さんが射るように睨みつけ、
「………」
それに何も答えない修平さんは、少し俯いたまま何かを考えているようだった。
舌打ちをした隼人さんは少し窓を開け、ポケットから取り出したタバコを口に咥える。
白い煙が口から吐き出された途端、車内にタバコの臭いが充満した。
何げなくその光景を私が見ていると、それに気づいた隼人

さんが、タバコの煙を吸い込みながら横目を向けてきて
――…
「嫌か？」
「えっ？」
突然声を掛けられたことに驚き、甲高い声を出した私は、
「タバコ」
「いえ、別に…」
隼人さんの鋭い眼光にすぐに目を伏せた。

しばらく無言だった車の中、
「美咲ちゃん、本当にごめんね…」
修平さんの呟くような声が鮮明に聞こえてきた。
えっ!?　どうして修平さんが謝ってるの？
疑問だらけの私を他所に、修平さんは言葉を続ける。
「隼人、俺のせいだ」
「………」
「なんとかしてあの人から守らないと…」
「………」
隼人さんは何も言わず、少し開いた窓の外から視線を逸らすことなく、ずっとタバコを吸っていた。
二人がなんのことでやり取りしているのかいまいちわからなかった。
それでも気まずい空気が漂っているのは確かで、そんな中私のバッグから場違いなオルゴールの着信音が流れはじめ

る。
この曲、お兄ちゃんか俊からのメールだ!!
もしかして、何かあったのかな…
今すぐに見たい気持ちがありながらも、とても携帯をいじれるような雰囲気じゃなく、なかなか行動に移せなかった。
「遠慮しないでいいよ」
私の気持ちを修平さんが察してくれ、
「すみません…」
私はバッグから携帯を取り出した。
メールはお兄ちゃんからだった。
【美咲、メリークリスマス。夜一緒にいてやれなくてごめんな。もう寝てるかもしれねぇけど。なるべく早く帰るよ】
時間を見ると、ちょうど日付が変わったところだった。
きっとお兄ちゃんは私にメリークリスマスって、一番に言いたかったんだと思う。
お兄ちゃんは私の誕生日も新しい年を迎える時も、いつだって日付が変わると同時に、一番に「おめでとう」って言ってくれる。
両親が近くにいない分、お兄ちゃんは昔からそういうことに気遣っている。
お兄ちゃんのメールを読んでる途中、今度は俊からのメールが届いた。
俊はいつもお兄ちゃんの次に言葉をくれる人。

三人でいても必ず先にお兄ちゃんが私に伝えてから、俊が「おめでとう」って言ってくれる。
暗黙のルールが二人の中にはあるみたい。
お兄ちゃんのメールを読み終わってから、俊のメールを開く。
【メリークリスマス。今日ケーキ作れ。チーズケーキだぞ】
お兄ちゃんに逆らえない俊は、いつもお兄ちゃんのいないところで、コッソリと私に要望を伝えてくる。
私が作ると決めたものにお兄ちゃんは絶対反対したりしないけど、俊が私にリクエストしている場に居合わせると、口を挟んでくることがある。

『今年、チーズケーキ作れ』
去年のクリスマス前、私の部屋を訪れた俊がそう口にした。
だけどちょうどその時、階段を上ってきていたお兄ちゃんに聞かれてしまい――…
お兄ちゃんの一番好きなケーキは紅茶のシフォンケーキ。
『俺はシフォンが食いてぇんだよ』というお兄ちゃんの一言で、俊は黙って引き下がった。
だから今年はお兄ちゃんもチーズケーキだって思ってる。
23日お兄ちゃんと二人でお買い物に行った時、
『美咲、もうクリームチーズ買ったのか？』
チーズ売り場を見ながらお兄ちゃんが尋ねてきた。
『もう昨日買ったよ』そう答える私に、

『あいつはチーズケーキが好きだからな』
お兄ちゃんは笑顔を見せた。
お兄ちゃんだって俊のこと考えてる。
二人の今の関係が私はすごく好き。
お兄ちゃんに逆らえない俊も、俊のことをちゃんと想ってるお兄ちゃんも——…

渡された携帯

ん??　あれ??

私、一昨日《おととい》食パン買ったっけ??

確か昨日の朝食べ終わったような…

「美咲ちゃん？　どうしたの？」

俯きながらつい考え込んでしまっていた私は、心配そうに見つめる修平さんの声にハッとし、

「あっ、いえ。なんでもありません」

首を左右に振った。

買ってない…私買わなかった。

どうしよ…

俊は朝、洋食派なんだよね。

朝ご飯私が作って待ってるって知ってるから、お腹空かせて帰ってくるだろうし。

俊の好きなピザトースト作ろうと思ってたんだけど…

確か駅前のスーパー、24時間営業だったよね？

私が小首を傾げていると、運転手さんの「もうすぐ着きます」という言葉に、修平さんがバックミラー越しに私に目を向ける。

「美咲ちゃん、もうすぐ駅に着くから家まで案内してね」

「あ、あの！　駅で降ろしていただけますか？」

「えっ？」

私の思いがけない返事に修平さんが素っ頓狂な声を出す。
「駅前にあるスーパーで、買いたい物があるので」
「あ、じゃあ待ってるよ」
「いえ、その傍にタクシー乗り場があるので、そこからタクシーに乗って帰ります」
「でも…」
「大丈夫です。ここまで送っていただけただけで十分助かりました」
修平さん達も早く戻らなきゃいけないだろうし、これ以上迷惑かけられない。
さっき和也さんと電話してる時、
『なるべく早く戻るから耐えろ』
そう修平さんは説得していた。
きっと和也さん、武さんの相手で大変なんだと思う。
「う〜ん…」
修平さんは納得していないような顔付きをしていたけど、運転手さんに「駅前で止めて」と伝えてくれ、運転手さんは駅のスーパーのある側に車を止めてくれた。
手に持っていたマフラーを首に巻き、外に出る準備をし終えた私。
「本当にありがとうございました。あの、なんてお礼を言っていいのか…」
眉尻を下げると、
「気にしないで」

修平さんがニコッと笑い、その笑顔を見て私は少し安心した。
さっきまで、ちょっと暗くて心配だったから…
「運転してくれて、ありがとうございました」
続いて運転手さんにお礼を言うと、運転手さんもペコッと頭を下げ応《こた》えてくれる。
最後に隼人さん。
さっきから一言も話さず、腕を組みながらずっと目を閉じている。
トップを短めに、前髪はやや長めに残したショートレイヤースタイル。
車が反対車線を通る度に、車のライトが隼人さんのキリッとした顔立ち、綺麗な顎のラインを映し出す。
「あの、隼人さん…色々と迷惑を掛けてすみませんでした。本当に感謝してます」
声を掛けると隼人さんはチラッと私に視線を向け、
「あぁ」
相槌を打ったあと、再び目を閉じた。
「じゃあ、失礼します」
車から降り身を切るような寒さの中、お店に向かって走りはじめた私は、
「美咲ちゃん!!」
後ろから追ってきた声に足を止めた。
「美咲ちゃん、これ持っててくれる？」

「えっ!?」
私に追いついてきた修平さんが一台の携帯を差し出す。
持っててってどういう意味??
わけがわからず茫然とする私の手首を掴むと、
「失くさないでね。俺達と美咲ちゃんを繋ぐ唯一の手段だから」
修平さんは携帯を手のひらに置いた。
「あ、あの…」
「気をつけてね。そこに俺と和也と隼人の番号入ってるから、何かあったら電話して」
戸惑う私に構わず、修平さんは言葉を続ける。
人の携帯を持って帰るだなんてできないと思った私は、
「しゅ、修平さ——…」
「ほら、寒いから早く店に入りな。それまでここで見てるからさ」
肩を掴まれると、クルッとお店の方に体を向けさせられる。
「い、いや、あの…」
「店の出口からすぐ近くにタクシー乗り場あるみたいだから大丈夫だと思うけど、用心するんだよ」
本当は携帯を返したかったけど、修平さんが受け取る気配が全くないことを感じ、
「はい…」
私は諦《あきら》めて小さく呟いた。
一度修平さん達にはきちんとお礼をしに行くつもりだった

から、その時に返せばいいかな…？

そう考えをまとめた私は、

「本当にありがとうございました。失礼します」

一礼し、修平さんから離れる。

お店に入る前に振り返ると手を振ってくれている修平さんの姿を見つけ、もう一度頭を下げたあとお店に入った。

第3章
クリスマス

朝のだんらん

時計の針が５時を過ぎた頃、物音がしたのでリビングから玄関を覗くと、靴を脱いでいるお兄ちゃんの姿があった。
「お帰りなさい」
たった数時間離れていただけなのにすごく懐かしく思えた私は、嬉しくなってお兄ちゃんの傍に駆け寄り、
「ただいま。いい子にしてたか？」
満面の笑みを浮かべながら私の頭を撫でるお兄ちゃんの質問に、
「う、うん」
私は小さく頷いた。
夜出掛けたなんてことお兄ちゃんが知ったら、絶対に怒るだろうな…だから本当のことは言えない…
嘘をつくことに気が引け、私が目を伏せていると、
「ん？　どうした？」
それに気づいたお兄ちゃんが上体を屈め、私の顔を覗き込もうとする。このままじゃいけないと思い、
「リ、リビングに置いてあった俊のCD踏んじゃって、ケースにヒビ入れちゃった…俊に怒られちゃう」
夜帰ってきてから実際に起きた出来事を言うと、
「文句言われたら俺がガツンと言ってやるよ」
姿勢を戻したお兄ちゃんがニコッと微笑む。

よかった…なんとか誤魔化《ごまか》せた…
「もうすぐご飯できるからね」
これ以上この話が続くと嘘が見破られると思った私は、話を打ち切らせようと歩き出し、お兄ちゃんもリビングへと移動した。
「あれ、俊は？」
お兄ちゃんといるはずの俊の姿が見えず質問すると、
「さぁな」
コートを脱ぎながらお兄ちゃんは意味深に口角を吊り上げる。
「一緒に帰って来たんじゃないの？」
「途中まで一緒だったけど、あいつチンタラしてっから置いてきた」
置いてきたって、どこに…??
お兄ちゃんの返答に首を傾げていると、玄関のドアが開く音がし、その数十秒遅れで、
「た、ただいま…」
テンションの低い俊がフラフラとリビングに現れ、ソファーへ倒れ込む。
その光景に一切見向きもしないお兄ちゃんは、
「俊、着替えろ。飯食うぞ」
軽やかな足取りで階段を上っていく。
俊の様子が尋常じゃなく心配になった私は、ソファーに近づき、座り込んで尋ねてみた。

「俊、大丈夫？」
「……兄貴、マジ人使い荒《あれ》ぇよ」
俊は目を閉じたまま、今にも消えそうな掠《かす》れた声を出す。
日頃あれだけお兄ちゃんにこき使われている俊がこんなにも弱るだなんて…お兄ちゃん何したんだろう…
コップに入れたお水を差し出しても、なんの反応も示さない俊の傍で、私が心配そうに視線を送っていると、
「だらしねぇ奴だな。ほら、早く着替えろ」
下りて来たお兄ちゃんが、俊の体の上にスウェットを投げた。
「飯食うぞ、飯」
お兄ちゃんの明るい声とは対照的に、
「…うーん……」
唸《うな》るような声を出す俊。
冷蔵庫からミネラルウォーターのペットボトルを取り出すお兄ちゃんに近づいた私は、
「お兄ちゃん、俊に何したの？」
こっそり質問してみた。それに対し、ペットボトルに口をつけながら横目を向けてきたお兄ちゃんは、
「何もしてねぇよ」
笑いながらポンポンッと私の頭に軽く触れ、「美咲、飯食おうぜ」と食卓の椅子《いす》に腰を下ろす。
お兄ちゃん、俊に絶対何かした…
ジッと私がお兄ちゃんに視線を向けていると、

「俊、早くしろ」
お兄ちゃんの声にゆっくりと起き上がった俊がゴソゴソと着替えはじめる。
それを見た私は慌てて用意していた朝ご飯を食卓に並べた。
着替え終わった俊が椅子に座ると、三人で手を合わせ、
「いただきます」というお兄ちゃんの言葉に続き、私と俊も「いただきます」と声を重ねた。

食べ始めて５分ほど経った頃、
「そういや美咲、今年のケーキはなんだ？　シフォンか？ショートか？」
意地の悪い表情を見せるお兄ちゃんの言葉に、ピザトーストにかぶりついていた俊の手が止まり、顔をしかめる。
ショートケーキは私が一番好きなケーキ。
「チーズケーキだよ」
私が笑顔で答えると、斜め前に座る俊は少し嬉しそうな顔をする。
「そっか、今年はシフォンじゃねぇのか」
お兄ちゃんが残念そうに呟くと、
「去年シフォンだったろ」
俊がふてくされたような声を出す。
「そうだっけ？」
とぼけながら箸《はし》を進めるお兄ちゃんの口端が吊り上がっていることに、正面に座っている私は気がついていた。

お兄ちゃん、俊に意地悪するのが好きだからなぁ。
二人のやり取りに温かい気持ちになってると、
「美咲、飯うまいよ」
お兄ちゃんが柔らかな口調で話し掛け、
「美咲、これもっと食いてぇ」
もう二、三口分しか残っていないことをアピールする俊の言葉で席を立った私は、夜買った食パンを使っておかわりのピザトーストを作り始めた。

朝ご飯が終わると、俊は眠気を我慢するのが限界だったのかすぐに自分の部屋へと向かった。
お風呂から上がったお兄ちゃんはリビングのソファーに腰を下ろし雑誌を読んでいる。
「お兄ちゃん、寝ないの？　今日も夕方から行くんでしょ？」
片付けを終えた私は後ろから声を掛け、振り向いてきたお兄ちゃんの隣に腰掛けた。
今年の25日は土曜日なので、昨日終業式を迎えた私達は、今日から冬休みに入っている。
ナチュラルブラウンに染められた、爽《さわ》やかなウルフスタイルのお兄ちゃん。
いつもはワックスを全体になじませ、トップにボリュームを出している髪の毛も、今は濡《ぬ》れてちょっとボサボサだけど、それでもお兄ちゃんはかっこいい。
私の方に体を向け、ジーッと見つめてきたお兄ちゃんは小

さなため息を零したあと、
「今日、俊置いてくかな」
複雑な表情をしながら私の頭をそっと撫でる。
すぐに私はお兄ちゃんが俊への意地悪じゃなく、私を一人にしたくないからそう言ってるんだと気がついた。
「お兄ちゃん、私平気だよ」
俊、クリスマスの大きな走り楽しみにしてたから、私のために家に残られる方が辛い。
お兄ちゃんも俊の気持ちがわかっているから、そんな顔をするんだと思う。
「本当は俺が残ってやりてぇんだけどな」
視線を落とし、今度は大きなため息を吐くお兄ちゃんに、胸が苦しくなった。
たくさんのチームを率いる“ホークス”の総長をしているお兄ちゃんが、大きな暴走に行かないなんてことできない。
それでも私のことが心配だからお兄ちゃんは辛そうな顔をするんだろうけど、
「私、夜は部屋にこもって勉強するつもりだから、一人でも平気だよ」
お兄ちゃんの辛そうな顔なんて見たくない。
心配掛けたくなくてニコッと笑顔を向けたのに、お兄ちゃんは「ごめんな」って申し訳なさそうな顔をした。

三人で過ごすクリスマス

「そろそろ寝るかな」
ソファーから腰を上げようとしたお兄ちゃんは、途中で動きを止める。
「どうしたの？」と私が首を傾げると、
「俺が少し寝たあと、どっか出掛けようか？」
目を細めながらお兄ちゃんが質問してきた。
「えっ？　でも大丈夫？」
「４時頃戻って、それから飯食ったあと準備しても間に合うよ」
「だけどお兄ちゃん達寝不足でしょ？　ちゃんと寝なきゃ」
一緒に出掛けたい気持ちはありながらも、二人の体調が心配だった。そんな私の髪の毛を少し摘《つま》んでは、クルクル回しいじるお兄ちゃんは、
「俺も美咲と一緒にクリスマス過ごしてぇんだよ」
その言葉に自分でもわかるぐらいものすごく嬉しい顔をしている私を見て、優しく微笑んだ。
「10時頃起こしてくれ。半には出るぞ。昼飯は外で食おう」
「わかった。おやすみなさい」
お兄ちゃんがリビングを出て行ったあと、夕食の支度に取りかかった。

チーズケーキをオーブンで焼いている間、家事を一通り終えテレビを見ていた私は、10時になったのでお兄ちゃんを起こし、その足で俊の部屋にも寄った。
だけど、「もう少し寝かせてくれ…」と切に願う俊はそのままにしてきた。
お兄ちゃんをリビングで待っていると、目がまだ開き切っていない俊が現れ、
「すぐ出る…」
しわがれた声を出しながら、お風呂場へと向かった。
どうやらお兄ちゃんに叩き起こされたらしい。
２階から下りてきたお兄ちゃんに、「俊は寝かせといてあげたら？」って提案したけど、「順番待ちや荷物持ちに必要だろ」と真顔で言われた。
だけど本当はお兄ちゃん、イベントを家族で過ごすことを大切にしたいんだと思う。
俊には悪いけど、私も三人の方が嬉しい。

「美咲、何食いたい？」
三人でお台場に行ったあと、色々なお店が立ち並ぶデパートのレストラン街に来た。
土曜日のクリスマスということもあって、どこのお店も長蛇の列ができている。
「スパゲティーが食べたい」
「じゃあ、あの店にすっか」

私の答えにお兄ちゃんが向かった場所は、雑誌にも取り上げられるほどの人気店。
「嫌な予感…」
背後から小さく呟くような声が聞こえ、振り返った私の目に、眉をひそめている俊が映る。
不思議に思った私が俊の視線の先を追うと、お店の外まで続く行列の最後尾で、店員さんと話しているお兄ちゃんの姿があった。
「１時間待ちだとよ。俺と美咲は下の階でブラブラしてっから、順番が近くなったら電話しろ」
戻って来たお兄ちゃんの言葉に、「やっぱりな…」とうな垂れた俊は、文句一つ言わず最後尾に並んだ。

お兄ちゃんに引かれ、エレベーターの方へと向かっている私は、
「お兄ちゃん！　私、スパゲティーじゃなくてもいいよ！他のお店にしようよ」
「どこの店も一緒だよ」
「だけど俊一人で待たせるだなんて、かわいそうだよ」
「一人で待つのも、三人で待つのも一緒だろ」
「でも…」
「いいんだよ。それより美咲のクリスマスプレゼント見に行こうぜ」
そのまま下のフロアへと降りた。

その階はレディースファッション店が占めていることもあって女性で溢れていたけど、カップルもそれなりに多かった。
仲良く手を繋いでいたり、腕を組んでいたりと、みんな幸せそう。
「美咲、どの店がいいんだ？」
キョロキョロ辺りを見回してみたものの、デパートに入っているだけあって値段も高そうなお店ばかり。
「美咲ももうすぐ高校生だからな。ちょっと大人っぽい服もいいな」
お兄ちゃんはそう言うと、あるお店のショーウィンドーを見て立ち止まる。
「美咲には、ここの店がいいんじゃねぇか？」
店の中に入りマネキンを指で差しながら、「あれ、試着したいんスけど」と頼むお兄ちゃんに、店員さんは「少々お待ちください」と笑顔で答える。私は四つある試着室の一番奥に入った。
しばらくして店員さんが服を持ってきてくれ、
「ごゆっくり」
そっとドアを閉めてくれた。
渡された洋服は胸元のレースとベルト代わりのベロアリボンが黒の、ふんわりとした白のワンピース。
裾は花柄のレースでとっても可愛い。

「美咲、まだか？」
外にいる店員さんと試着室の外で話していたお兄ちゃんが痺《しび》れを切らし、ドアをノックする。
「もうちょっと！」
急いで左側のファスナーを上げドアを開けると、お兄ちゃんの顔が目の前にあった。
「すごくお似合いですよ!!」
その後ろから顔を出す店員さんがにっこりと褒めてくれる。
だけど店員さんは似合わなくても、絶対に似合うって言うだろうし、私は「ありがとうございます」と答えるしかなかった。
「——…」
さっきから何も言わず、私を見つめたまま固まっているお兄ちゃん。
「変？」
不安になって尋ねると、
「美咲、すっげぇ似合ってる」
さっきまで無表情だったお兄ちゃんの顔が、満面の笑みに変わる。
「それ気に入ったか？」
「う、うん」
「なら買ってやるけど、俺か俊がいねぇ時は外で着るんじゃねぇぞ」

「えっ!?　なんで？」
「いいから。美咲、何か他に欲しいもんあるか？　バッグとか」
「ううん」
「じゃあ会計してくっから、そのまま着てろ」
お兄ちゃんが「すいません」と声を掛けレジに向かうと、ハサミを持ったさっきの店員さんが値札を取ってくれた。
そして私が試着室を出ると、
「これお使いください」
お店のロゴマークの入ったお洒落な紙袋を差し出してくれた。
バッグが小さくて洋服が入らず悩んでいた私は、
「ありがとうございます」
受け取った紙袋に畳んだ洋服を入れる。
「素敵な彼氏さんですね。彼女さんのことすごく大切にされているのが伝わってきます」
何やら勘違いしている店員さんが本当に羨《うらや》ましそうな顔で微笑むので、私は顔が真っ赤になって俯いた。
お会計を済ませたお兄ちゃんのところに行くと、黙って洋服の入った紙袋を持ってくれる。
「行くぞ」
お兄ちゃんの言葉にお世話になった店員さんに一礼をしたあと、地下にある食料品売り場へと向かった。

売り場で俊の好きなジュースを買い、お兄ちゃんと腕を組みながら上へ向かうエレベーターを待っている時、
「さっきお兄ちゃんのこと素敵な彼氏さんですねって言われた」
声を掛ける私にお兄ちゃんの視線が向けられた。
腕を組んでるというよりも、お兄ちゃんの腕を掴んでるという表現の方が正しいかもしれない。
いつもお兄ちゃんや俊と歩く時、私はどちらかの腕を掴んでいる。
よく迷子になっていた私がはぐれないようにと二人の腕を掴んでいた癖が今もなお続いているけれど、二人は何も言わない。
「見る目あるな」
フッと両目を細めながら、お兄ちゃんが冗談交じりの声を出す。
エレベーターが到着すると奥に乗り込み、途中の階で止まる度に人の出入りで混雑する中、
「ジュース零すなよ」
「うん」
私が潰《つぶ》されないよう、お兄ちゃんがガードしてくれていることがわかる。
いつだってお兄ちゃんと俊はさり気なく私を守ってくれる。
二人の傍にこの先もずっといたいって心から思った。
相変わらず混雑しているレストラン街へと戻った私達は、

ジュースを俊に渡し、30分ぐらい待ってから席に通された。
お店の中に入ってすぐコートを脱ぐと、さっき買ってもらったばかりの私の服を見て、「美咲だけズリィ」と俊がふてくされた。
美味《おい》しいスパゲティーとパフェを食べ、満足してお店を出た私の左隣には、いまだに不満そうな顔をして歩く俊がいて——…
そんな俊のために、お兄ちゃんは俊に前から欲しがっていたウォークマンを買ってあげた。
私と俊の喜んでいる姿を満足そうに見ていたお兄ちゃんは、
「親父《おやじ》達からのプレゼントってことで」
そう言いながらも、自分には何も買ってなかった。

しばらくブラブラし、4時ちょっと過ぎに家に着いた。
夕食を済ませ、そのあとはデザートタイム。
三人でクリスマスをゆっくりと過ごせる最後の時間に、俊の大好きなチーズケーキを食べた。

積み重ねていく嘘

「あれ～どこいったんだ？」
特攻服を身に纏っている俊が、テレビ台の辺りをキョロキョロしている。
「どうしたの？」
食器を洗っていた私は手を休め、俊のところへ行った。
お兄ちゃんは今お風呂に入っているからリビングには俊と二人きり。
「いや、俺昨日DVD返し忘れててさ。今日途中寄って返そうと思ったんだけど、ねぇんだよ」
俊の言葉に、昨日の出来事が頭に浮かぶ。
「あ、あれね…返しといたよ」
「えっ!?」
素っ頓狂な声を出しながら、一瞬目を見開いた俊はすぐに顔を歪《ゆが》ませ、
「お前、昨日出掛けたのかよ」
私を見据えながら低い声を出す。
「ち、違うよ！　昨日あずさちゃんが家に遊びに来て、ここでテレビ見てたの。その時あずさちゃんがDVD見つけて、彼氏と一緒に見たいって言うから貸しちゃった。あずさちゃんがそのまま返しといてくれるって言うし…」
咄嗟に一番仲良しの友達の名前を出し、誤魔化そうとした

私は、
「家に誰も入れるなって兄貴に言われてなかったか？」
俊の鋭い突っ込みに心臓が騒がしくなる。
「あ、あずさちゃんならいいでしょ？」
「…まぁ、男じゃなきゃ兄貴も文句言わねぇだろうけど」
あずさちゃん、勝手に名前を使ってごめんね…
でも出掛けたことに気づかれなくてよかった。
「俊も今度友達連れて来たら？　ご馳走《ちそう》作るよ」
DVDから話題を変えたかった私の提案に、
「無理だろ」
俊は即答で答える。
「なんで？」
「前ダチ連れて来たら兄貴にすっげぇ怒られたろ。つーか借りたCD渡してすぐ帰すつもりだったのに、お前が思いのほか早く帰って来てダチと出くわすからよ」
これ見よがしに大きなため息を吐く俊は、「その上、しゃしゃり出て飯まで作りやがって」と射るような視線を私に向けてきた。
「もてなしただけじゃん。この家に俊が友達連れて来たの初めてだったから」
俊の刺々《とげとげ》しい口調に、少し口を尖《とが》らせながら拗《す》ね気味に言うと、
「いいんだよ。俺もこの家に男連れて来たくねぇし。お前が気にすることじゃねぇ」

伸びてきた俊の手が、私の髪をクシャクシャッとする。
顔を上げると俊の口端が上がっていて、その顔がやっぱりお兄ちゃんと似てるなって思った。
ダークブラウンに染められた、上品でクールなショートレイヤースタイルの俊。
もうセットを終わらせ、あとはお兄ちゃんの用意ができるのを待つのみらしく、
「とりあえずあずささん達がDVD返しといてくれたみてぇで、助かったよ」
ソファーに腰を下ろし、取り出した雑誌を見開いた。
特集のページに落とされていた俊の視線は、
「……お兄ちゃんに言う？」
か細い声を出す私へとすぐさま移る。
本当はあずさちゃん、昨日学校終わってから関西にいる親《しん》戚《せき》の家に行ってて、しばらくこっちには戻って来ない。
そのことをお兄ちゃんに話しちゃったんだよね…
俊がお兄ちゃんに言ったら嘘がバレちゃう。
不安になった私が足元に視線を落としていると、
「まぁ、返しに行く手間なくなったしな。今回は黙っててやる」
小さく笑った俊が立ち上がり、「んな心配そうな顔すんな」と私の頭を撫でた。
きっと俊は、「家に誰も入れるな」というお兄ちゃんの言い付けを私が守らなかったから、そのことで怒られること

を心配していると思ってるんだろうな…
お兄ちゃん、俊…嘘ついてごめんなさい…

夕方二人が出掛けたあと、部屋にこもって勉強をしていた私は、引き出しにしまってある修平さんから渡された携帯を手に取った。
27日に修平さん達にきちんとお礼しに行こうかな。
そういえば今まで特に注意してなかったから気づかなかったけど、お兄ちゃん達の特攻服には胸ポケットの上に“天《てん》翔 龍神《しょうりゅうじん》連合”という文字の刺繍があった。
隼人さん達は闘狂龍神連合だったよね。
同じ龍神って言葉が使われてるし、もしかしたら仲間だったりするのかな？
知り合いだったら困る…
お兄ちゃん達にイヴの夜のこと知られちゃうかもしれない。
お兄ちゃん達が友達を連れて来る可能性は低いから、修平さん達の口からお兄ちゃん達に伝わらなければ大丈夫だよね？
修平さん達にはお兄ちゃん達のこと言わないでおこう――…

第4章
波乱の幕開け

待ち合わせ

『美咲ちゃんに話したいことがあるから、明日ちょっと時間つくってもらえるかな』
26日の夜、修平さんから電話が掛かってきた。
正確には、夕方から何度か着信があったんだけど、ずっとリビングにいて出ることができなかった。
お兄ちゃん達に見つかるといけないから、携帯を下に持っていくなんてできなかったし…
待ち合わせ場所に選んだのは、あのレンタルビデオ店がある駅の階段を下りたところ。
お兄ちゃん達にはもちろん内緒。
『美咲ちゃんの都合のいいところで』
そう修平さんが言ってくれたので、家の近くの駅だとお兄ちゃんや俊に目撃される可能性があるから、あえて離れたところを選んだ。

待ち合わせの２時ちょっと前に駅に着いた私は、改札を出てそのまま階段を下りていく。すぐにファーストフード店の前で携帯を操作している修平さんを見つけた。
「修平さん！」
駆け寄っていく私に気がつくと、携帯をポケットにしまいながら修平さんは手を振ってくれる。

「美咲ちゃん、ごめんね。呼び出して」
「いえ、ちょうど私もお会いしたかったので。あの、これ」
私はワッフルの入った箱を修平さんに差し出した。
「この前色々とお世話になったので、そのお礼です」
何を持って行っていいのか本当に悩んだけど、お兄ちゃん達に聞くわけにもいかず、結局ある雑誌に載ってたお店のワッフルを買った。
「えっ!?　悪いよ！」
「いえ、ほんの気持ちですから」
ニコッと笑った私を見て、表情を曇らせた修平さんはため息を吐き、
「…本当は美咲ちゃんにお礼を言われる資格ないんだけどな」
目を伏せながら、小さく呟いた。
修平さん、どうしたんだろ？　元気ないな。
首を傾げていると、すぐに修平さんは顔を上げ、
「ちょっと移動しよっか？　立ち話もなんだし」
駅舎の反対側を指で差しながら、無理に作っているような笑顔を見せた。

修平さんと歩いている方向に一台の車が止まっていた。
色は黒。見るからに高級車という雰囲気を醸《かも》し出し、ただ道に止まっているだけだというのに、その存在感には圧倒させられる。

確かこのマーク、ベンツのマークだったような…？
「あれってベンツですよね？」
車の方を見ながら、修平さんに問い掛けた。
「美咲ちゃん、車に詳しいの？」
「いえ、全く。でもあのマークは見たことがあります。車種とかはわかりませんけど」
首を横に振ってそう答えた私に、
「あれはＳ 63 AMG longだよ」
優しい笑みを浮かべる修平さんは、そう教えてくれた。だけど宙に視線を向ける私の頭上には、
Ｓ？　63？　ロング？
ポンッと疑問符が浮かび上がった。
「わ、私ベンツに乗ってる人って見たことないんですよね。どんな人が乗ってるんだろう。ちょっと知りたいですね？」
前にある車から修平さんに視線を向けると、修平さんは笑っていた。
「美咲ちゃん、どこ行くの？」
「えっ!?」
高級車の前を通り過ぎた私は、隣を歩いていた修平さんがいないことに気がついた。
あれ??
振り返ると、修平さんが車の後部座席のドアを開け手招きをしている。
えっ!?　なんで修平さんが知らない人の車のドアを開け

てるの？
キョトンとその場に立ち尽くす私の耳に、
「美咲～どこ行くんや～？」
車の方から和也さんの声が聞こえてくる。
「美咲ちゃん、乗って」
修平さんの言葉にわけがわからないまま車に近づくと、後部座席のドアから、反対側の窓側に座っている隼人さんとその隣で笑っている和也さんの姿があった。

私が和也さんの隣に、修平さんが助手席に乗り込むと出発した車の中、私の頭はまだボーッとしていた。
車内のインテリアも高級感に溢れ、シートの座り心地はまるでフカフカのソファーに座っているような感覚。
あの時は暗かったし、緊張していたからそれどころじゃなかったけど、前乗った車も高級車だったに違いない。
「美咲、久しぶりやな～」
「っていうても２日会ってへんだけか～」
「クリスマス楽しかったか？」
「何しとったん？」
和也さんが笑顔で問い掛けてくる数々の言葉にも、まだ頭が真っ白な私は「はい…」と棒読みのような返事をすることしかできなくて、
「美咲、この前はごめんな」
和也さんの申し訳なさそうな声にハッとした。

「えっ？」
甲高い声を出しながら和也さんの方に今日初めて顔を向けると、寂しそうに和也さんが顔を伏せていた。
「怒っとるやんな…ホンマごめん…」
「いえ、私こそごめんなさい。和也さん、私のせいで…」
手と一緒に首を横に振ったあと、私は眉尻を下げた。
和也さん、私のせいで武さんに頭を下げるようことになってごめんなさい…
「怒っとらん？」
上目遣いで不安そうに尋ねてきた和也さん。
「もちろんです」
笑顔で答える私を見てホッとしたような息を吐いたあと、すぐに泣きそうな顔に変化し、
「美咲～俺美咲に恨まれとるんちゃうかって、食事が喉《のど》を通らんほど心配しとってん。さっきから美咲反応薄かったし」
腕で涙を拭《ぬぐ》う仕草《しぐさ》をした。
「ご、ごめんなさい。ずっと考え事してて」
「よかった～安心したら腹《はら》減ってきたわ～」
そう言って、ドカッとシートに深く座り直した和也さんの目の前に、「美咲ちゃんがワッフルくれたぜ」と修平さんが箱を開けて差し出す。
「ホンマに？　じゃあさっそくいただこか～」
箱ごと受け取った和也さんは、数種類の味があるワッフル

を眺めながら、「どれにしよっかな」と悩みはじめ、
「美咲ちゃん、今日時間大丈夫？」
「夕方までに戻れれば…」
「そっか。わかった」
そのまま後ろを向いていた修平さんがニコッと笑みを作った。その笑顔はどこか無理をしているような気がしてならなかった。
「俺はこれにするわ」
メープル味とチョコ味の二つのワッフルを取り出した和也さんが「ほれ」と一つを私に差し出す。
「あっ、私は結構です」
手を振って断ったものの、「美咲はすぐ遠慮すんねんな～」と強引に渡された。
ど、どうしよう…
これは、和也さん達に買ってきた物だからっていうのもあるけど、こんな高級車の中で食べて下にポロポロ落としたら…
ワッフルだからそれほど落ちないかもしれないけど、食べられないよ…
困惑した私が手にワッフルを持ったまま外の景色を眺めていると、
「美咲、食え」
和也さんが自分の手に持っているワッフルを私の口元へと運ぶ。

躊躇いながらも一口かぶり付くと、「うまいやろ？　はよ食べや」と言われ、こぼさないよう細心の注意を払いながら、ワッフルを口の中に入れた。
和也さんに返された箱から修平さんも二つ取り出し、信号待ちで停車している時に、運転手さんに一つ差し出す。
受け取った運転手さんはすぐに後ろに振り返り、
「いただきます」
わざわざ頭を下げてから食べはじめた。
車が到着する頃には、もうワッフルは残っていなかった。
和也さんは本当にお腹が空いていたらしく、六つも食べていた。
よかった、気に入ってくれたみたい。
ホッと胸を撫で下ろした私だったけど、腕を組みながらずっと目を閉じている隼人さんは一口も口にしていないことに気がついた。
修平さん達が隼人さんに勧めることもなかったし、甘いもの好きじゃないのかな？

止まった車のドアが開けられ外に出ると、そこはイヴの夜に来た鬼龍の溜まり場だった。
人の楽しそうな声、バイクのエンジン音。
以前来た時に比べれば車やバイク、人の数はかなり少ないものの、それでも十分賑わっていた。
和也さんと修平さんが降りると、隼人さんを乗せたまま車は再び動き出し、門を抜け消えていった。
その光景を何げなく立ち止まって見つめていた私は、
「隼人さん、どこに行かれるんですか？」
ふと思ったことを和也さんに口にしてしまい、関係のない私が聞くべきじゃないとすぐに後悔した。
だけど和也さんはそんなこと気にせずに、
「女んとこやで」
サラッと答えてくれた。

大事な話

建物のシャッターは今日も一番上まで上がっている。
そこを通って中に入ると、イヴの時にあったソファーやテーブル、レッドカーペット等は全て片付けられていた。
中には車やバイクを改造している人、しゃがみ込んで談笑している人がたくさんいた。奥にある階段に向かって歩く修平さんと和也さんを見かけると、みんなが小さく会釈し、「お疲れっス」「ちっス」と挨拶《あいさつ》をする。
修平さんと和也さんも偉い人なのかな？
二人の傍を歩くのに気が引け、距離を取って歩いていると、それに気がついた和也さんが、「美咲、はよ来い」と私の腕を引っ張った。
修平さんのあとに続いて階段を上がると、二つの部屋があって、その手前の部屋に入った。
この前入った下の部屋よりも遥《はる》かに広いこの部屋は、一つの部屋を二つの空間に分けて使っているような配置で家具が置かれていた。
部屋を入ってすぐの空間には大きなガラス張りのテーブルを囲むように、三人掛け、二人掛けの高級感のある黒のレザーソファーが二つずつ、対峙《たいじ》するように並べられている。
その奥にはレッドカーペットが敷かれ、テレビの正面に置かれたソファーベッドと、一人掛けソファー二つがテーブルを囲むようにして置かれていた。
その部屋には大きい冷蔵庫とミニ食器棚があって、“軽い食事をここで取ってるのかな？”と思わせた。
部屋の奥にあるドアは、どうやら隣の部屋に繋がっているみたい。
三人掛けのレザーソファーに座った私の正面に、修平さんと和也さんが隣り合って腰を下ろすと、
「あっ!!　これ、お返しします」
忘れないうちに返そうと携帯をバッグから取り出した私は、それをテーブルに置いた。
だけど修平さんは受け取ろうとする気配を全く見せず、
「それは、美咲ちゃんのだよ」
私の方に差し戻す。
困惑した私が、“受け取れません”と口を開こうとすると、
「実は、美咲ちゃんに大切な話があってね」
修平さんが真剣な面持ちで話を切り出した。
「まず、この前は本当にごめんね。怖い思いさせちゃって」
「俺も美咲を裏切って武さんの前に出してしもた…ホンマすまん！」
頭を下げる修平さんの隣で、和也さんがパンッと音を立てながら顔の前で手を合わせる。
「本当に気にしないでください。隼人さんに助けていただいて、何事もなかったんですから」
迷惑をかけたのは私の方なのに、なんで修平さん達がそん

なに謝るのかわからなかった。当然、
「そうとも言えないんだよね」
「えっ？」
「美咲が助かったんは、あの場だけなんや」
これから二人が話すことが自分の人生だけではなく、お兄ちゃん達を巻き込んでいくことになるだなんて、思ってもみなかった。

「あの場だけって、どういう意味ですか？」
「説明する前に聞いときたいんだけど。美咲ちゃん、今彼氏いる？」
修平さんからの唐突な質問に、
「えっ？……いえ、いませんけど…」
男の人から恋愛話を持ち出されるのが初めてだった私は、なんとなく気恥ずかしくなって、声が小さくなった。
「その方が助かるよ。美咲ちゃんに罪悪感を感じさせずに済むからね」
フゥーッと安堵の息を吐いた修平さんの口から、
「単刀直入に言わせてもらうけど、美咲ちゃん、隼人の彼女になって欲しいんだよね」
思いもよらない言葉が飛び出した。
「………えっ？　あ、あの…どういう意味ですか？　なんで隼人さんが…いきなり……」
頭がパニック状態になっている私の前で、修平さんと和也さんは落ち着いた口調で説明を始める。
「前にも車の中で軽く話したけど、武さんって結構女性関係にだらしない人でね」
「気に入った女は片っ端から手ぇ出すような人やったからな」
「その武さんが美咲ちゃんのこと、気に入っちゃったみたいなんだ」
そう言って困ったような顔を浮かべる修平さんだったけど、武さんが私のことを気に入ったというのがいまいち信じられなかった。
でも仮にそうだとしても…
「あの、心配していただかなくても、私もう武さんと会うことはありませんし…」
確かに武さんから連絡先の紙を渡されたけど、向こうは私の連絡先を知らない。接点があるわけじゃないし、きっとこの先会うことはないだろうと甘く考えていた私は、
「美咲、俺達を舐《な》めたらあかんで。本気出しゃー美咲の住所や電話番号やって簡単に調べられるねんからな」
「脅すようなこと言いたくないけど、和也が言ってることは事実なんだ。暴走族ってのは情報収集も得意でね。まぁ、美咲ちゃんは“あっち側”の領域の人間だから、調べるのに多少時間がかかるかもしれないけど、それでも武さんなら必ず調べ上げるよ」
二人の話を聞いてものすごく怖くなった。

「でも、もし武さんとお会いするようなことがあっても、私、ちゃんと自分でお断りしますし…」
武さんにきちんと話せばわかってもらえると思う。
何よりも隼人さんと付き合うだなんて考えられない…
気まずそうに私が肩を竦めると、
ドンッ——
握りコブシでテーブルを強く叩いた和也さんが身を乗り出し、
「美咲、甘いで。断られて引き下がるような男ちゃう。仮に美咲が逃げようとしても、それを企《くわだ》てとるうちに、あれよあれよという間にホテルに連れ込まれとるで」
「俺達も美咲ちゃんの傍にずっと付いてるわけにはいかないし…」
額に手を当てながら、修平さんが大きなため息を吐く。
「それに、武さんより涼子《りょうこ》さんの方が問題や」
ドカッとソファーに座り直した和也さんは、ポケットからタバコを取り出し、火を点けた。
「……涼子さんって？」
突然出てきた知らない女性の名前を尋ねると、修平さんは「う～ん」と腕を組みながら首を捻り、
「武さんの彼女っていうのとはちょっと違うんだよな。まぁ、"涼子さん"が武さんに好意を持ってるのはわかるんだけど、武さんはそういう対象には見てないっていうか…」

キョトンとする私を見て、修平さんは「うまく説明できないけど」と難しそうな顔をした。
「けどな、二人は中学からの知り合いらしく、なんだかんだで武さんも冷たくあしらえへんとこあってな…」
フゥーッと煙を吐き出しながらテーブルに置かれた灰皿を近くに引き寄せる和也さん。
「涼子さんを傍に置きながら、武さんは気に入った女性と関係を持っていったんだけど…」
「涼子さんがことごとくその女どもを消しとるんや」
言い辛そうにしていた修平さんの言葉を和也さんが引き継いだ。
「消す？」
消すって、あのドラマのセリフとかによく出てくる…??
「いや、この世からって意味じゃないよ」
不安を隠せなかった私に修平さんは手を振りながら否定する。
二人の言っていることは本当によくわからなかった。だけど、
「まぁ、美咲は詳しく知らん方がええ」
怖くてこれ以上聞きたいとは思わなかった私は、和也さんに向かってコクッと頷いた。
「ここで隼人が出てくるんだけど。武さんは隼人に対して、遠慮っていうか一歩引いてるとこがあってね。隼人の女には絶対に手を出したりしないんだ。そのことを涼子さんも

知ってるから、美咲ちゃんが隼人の彼女である限り何かをされることはないよ」
「隼人の女になることが、美咲のためなんや」
「今、武さん美咲ちゃんのこと相当気に入ってるみたいで、チームの奴等に本当に二人は付き合ってんのかって探り入れてるんだよね」
「俺もあの夜、美咲と隼人について根掘り葉掘り聞かれたわ」
その時のことを思い出したのか、タバコを灰皿に押し付ける和也さんは、肩を落としながらため息を零す。
「俺達暴走族は上下関係が厳しい世界なんだけど、それは引退した人に対してもその関係は続くし、ましてや先代に対しては頭が上がらなくてね」
「俺等が口止めしても、必ずボロを出す奴が出てくるんは、目に見えとるからな」
「どうやって知るのかわからないけど、涼子さん、武さんと関係を持った女の人は必ず突き止めるんだ。美咲ちゃんのこともうすでに耳に入ってるみたい」
「チームの奴等に聞いとったらしいわ」
「武さんが美咲ちゃんへの執着心がなくなったら、すぐに別れていいから」
俯いて話を聞く私に、和也さんと修平さんは真剣な声色で言葉を並べていく。
隼人さんの彼女になることが、私を守る方法だって二人が言ってるのは、すごく伝わってきた。
だけどそれだけは絶対に無理。
怖いっていう気持ちはもちろんあるけど、だからと言って好きでもない人と付き合うだなんて…
それにお兄ちゃん達に偽りとはいえ、男の人と付き合ってるなんて知られたら、それこそ大変だもん…
うん、断ろう!!
そう決心した私は、
「やっぱり私には無——…」
ガチャ——
ドアの開く音に言葉を呑み込み、それと同時に隼人さんが視界に映った。
「話はついたか」
「おう。今終わったとこや」
和也さんが振り返ると、それを見た隼人さんはこの部屋の奥にあるドアへと足を向かわせる。
隣の部屋に入ると、何かを置いてきたのか取りに行ったのかわからないけど、すぐにまた出てきて、
「帰るぞ。来い」
廊下に繋がるドアの前に立って、私に視線を投げる。
私に言ってるんだよね？　帰れってことかな？
そう思ってバッグを持ってドアに近づくと、隼人さんが私の肩に腕を伸ばしてきた。
えっ？　なんで??

キョトンとした顔を私が向けると、
「美咲ちゃんが彼女だって、チームの奴らに示しとかなきゃいけないから」
その視線の先にいる修平さんが少しバツの悪そうな顔をして教えてくれた。
……私、隼人さんの彼女になっちゃったの??
話がついたってそういう意味だったの??
修平さんの顔をポカンと見つめていると、
「行くぞ」
反対の手でドアを開けた隼人さんが、私を部屋の外へと連れ出した。
階段を下りると、さっきまで騒がしかった建物内が一気に静まり返る。
信じられないといった表情を浮かべている人達から、一斉に浴びせられる視線。
隼人さんはそんなこと気にせず、スタスタと歩いて行くけど――…
やっぱり私には無理みたい。
このまま隼人さんの彼女になるなんてこと、できないよ…
「あの、隼人さん…」
おずおずと声を掛ける私に、隼人さんの視線が向けられる。
顔を見て言う勇気がない私は、顔を伏せたまま言葉を続けた。
「私のために色々と気遣っていただけるのはありがたいん

ですけど、でも私…隼人さんとは、お付き合いできな――…」
「美咲ちゃん」
言葉を遮られ顔を上げると、少し離れたところにある出入り口付近で、“よっ”と手を上げている武さんの姿を見つけた。
「た、武さん…」
「いや～俺のことちゃんと覚えててくれたんだ。嬉しいねぇ」
笑顔で徐々に距離を縮めてくる武さんに、私は茫然とする。
一方苦々しく舌打ちをした隼人さんは、すぐに私の体を自分の方に引き寄せ、顔を私の耳元まで持ってくると、「喋るな」と囁《ささや》いた。
「本当に二人付き合ってたんだ」
「武さん、こいつもう帰らないといけないんで」
隼人さんがぶっきら棒な口調でそう告げると、
「冷てぇこと言うんじゃねぇよ」
武さんは私から隼人さんへと視線を流した。
私に話し掛けている時の声のトーンと全く違う。
一気に低くなり、私は少し怖くなった。
武さんの態度にフッと鼻で笑った隼人さんは、
「俺の女に興味持ってもらっちゃ困るんスけど」
私の肩に回してある手で、私の髪にそっと触れる。
その動作に一瞬目を見開いた武さんは、すぐさま口角を吊り上げる。
「随分可愛がってんじゃねぇか。もうあいつはいいのか？」
肩を震わせながら武さんが楽しそうに笑うと、隼人さんの体がピクッと小さく反応した。
異様な空気が流れる中、
「隼人さん」
背後から近づいてきた二人の男性が、隼人さんの耳元で何かを話しはじめる。
「美咲ちゃん？　どした？」
さっきからずっと黙って俯いている私の顔を、武さんが姿勢を落とし覗き込もうとしてくる。
「………」
私は顔を上げることも、言葉を口にすることもできなかった。
隼人さんに話すなって言われたからじゃない。
さっき耳元で囁かれた時、隼人さんの息が少しかかったぐらいで、私おかしいくらいにドキドキしてる。
まだ顔には熱が帯びているし、絶対に見せられないよ、こんな顔…変に思われちゃう…
「おーい、美咲ちゃーん」
伸びてきた武さんの手が私の頭に触れようとした時、私はグイッと引っ張られ、
「待たせとけ」
二人の男性にチラッと視線を向けた隼人さんが再び歩き出

す。
誰か来てるのかな？
そう思って歩きながら「あの、行かなくていいんですか？」と問い掛けた私だったけど、
「お前が気にすることじゃねぇ」
「………」
もう何も言えなくなった。
「美咲ちゃん、またね」
名前を呼ばれつい武さんの方に振り返りそうになった私は、隼人さんに「振り向くな」と言われ、そのまま建物をあとにした。

偽りの彼女

歩いている間ずっと肩に回されていた腕は、車に乗ると同時に離された。
修平さんが助手席に乗り込み、車が出発すると、
「あの、これ…さっき返しそびれちゃったので」
私はバッグから携帯を取り出し、修平さんに差し出した。
「それは美咲ちゃんのだから、返す必要なんてないよ」
携帯を見た修平さんはニッコリと微笑み、
「でも私…」
「美咲ちゃんと俺達を繋ぐものだって前言ったでしょ」
困惑する私に言葉を続ける。
でもやっぱり、人の携帯を持ってるだなんてできないよ。
それにお兄ちゃん達に見つかったら…
不安で表情を曇らせていく私は、
「美咲ちゃん、もしかして家の人に見つかるとまずい？」
修平さんの言葉に、黙って頷いた。
「まぁ、確かに家の人が知らない携帯持ってると、“なんで？”って聞かれるよね。でも美咲ちゃんにそれ持っててもらわないと困るしな…」
腕を組みながら、「う～ん」と唸る修平さんは、
「じゃあこうしよ。その携帯、美咲ちゃんが家にいる間は部屋に置いてていいから、外に出掛ける時だけ持ち歩く。

誰かといる時は、俺達が連絡しても出なくていいからさ。それならいいでしょ？」
「いや、あの…」
「あっ、そうだ。これ渡しとかなきゃね」
車のシートアンダーボックスから、透明な袋に入った充電器を取り出し、「携帯、好きなだけ使っていいからね」と私に手渡した。
「美咲ちゃん、受験生だから無理はさせられないけど、まだ武さん疑ってるみたいだから時間がある時はできるだけ来てくれないかな？　2、3時間でもいいからさ。なんならあの部屋で勉強してもいいし」
バックミラー越しに話し掛けてくる修平さんに、これ以上何を言っても携帯を受け取ってくれることはないと察知した私は、
「はい…」
バッグの中に携帯と充電器をしまう。
その後、車内は誰も話すことなく静かで、今回もまた家に一番近い駅の前で降ろしてもらった。
夕食の材料をスーパーで買いたかったという理由もあるけど、出掛ける時はいつもお兄ちゃんか俊が迎えに来てくれるのを駅で待っていなければならないので、家まで送ってもらうわけにはいかなかった。
車を降りる直前修平さんに、
「もし俺達からの着信に気づいたら、時間が空いた時でい

いから連絡頂戴《ちょうだい》ね」
と言われ、「はい」と答えた私がドアを閉める時も、隼人さんがこっちを見ることはなかった。

結局車の中で隼人さんは一言も話すことはなく、ただ窓の方を向いているだけだった。
隼人さんからすれば、私と付き合うなんて嫌に決まってる。
本当はさっき並んで歩いてた時、隼人さんがつけている香水の香りだけでなく、微かにだけど女性のつけるような甘い香りもすることに気がついた。
他にも女の人がいるけど、きっと修平さん達に頼まれ、仕方なく私を建前上の彼女にしたわけで…
車から降りた私は、すぐにお兄ちゃんに電話をした。
お買い物を済ませたあとは、お店のベンチに座ってお兄ちゃんを待った。
その時一組のカップルが、腕を組みながら楽しそうに目の前を通り過ぎて行き――…
その姿を見て寂しさがこみ上げてきた。
お互い気持ちがないのに、一緒にいる意味ってあるのかな？

第5章
初めてのデート

約束

隼人さんの彼女になってからの１ヶ月半、私は毎週土曜日ここに通っている。いつもお兄ちゃん達が土曜日に出掛けるので、それに合わせて昼頃待ち合わせし、夕方には駅まで送ってもらって、お兄ちゃん達と合流するといった生活サイクル。
彼女といっても、隼人さんと話すことは特にない。
毎週、隼人さんと一緒に修平さんか和也さんのどちらかが必ず送り迎えをしてくれるので、車の中で話す相手はいつも修平さん達だった。
鬼龍の溜まり場を歩いている間は、今も変わらず肩に腕を回されているけど、２階の部屋に入るとすぐに隼人さんは腕を離すし、それは帰りの車に乗ってからも同じことだった。

「美咲ちゃん、合格おめでとう」
２月中旬の土曜日、２階の部屋にあるソファーベッドに座りながら雑誌を読んでいると、ドアの開く音と一緒に声が聞こえて来た。
振り返ると、ワンホールのショートケーキを持っている修平さんと和也さんがいて、それを私の目の前にあるテーブルへ置く。

「ありがとうございます」
ニッコリ微笑む私に和也さんが、「よくやった」と頭を撫でながら隣に腰を下ろす。修平さんは「本当によかったね」と笑って、食器棚からフォークとお皿を取り出し、一人掛けのソファーに座った。
私が受験した高校は、今通っている学校と同じ系列で、中学時代の成績と、2月の初めに行われた学力テストで合否が決まる。
私の友達のほとんどが一緒に上がるので、高校に通うのがすごく楽しみ。
新しい友達もできるといいな。
「女子校だよね？　美咲ちゃんの学校ってすごく難しいんでしょ？」
「俺も美咲と知り合いで鼻が高いわ」
腕を組んで「うんうん」と誇らしげに頷く和也さんに、「一コ上のお前より、よっぽど頭いいんだろうな。こんなカスと比べちゃ、美咲ちゃんに失礼か」と突っ込む修平さんは、カットしたケーキをお皿に載せ私に差し出した。
出会った頃とちっとも変わらない二人のやり取りに、自然と笑みが零れる。
「美咲ちゃん、何読んでるの？」
私の横にある雑誌を見て、修平さんが尋ねる。
「友達から借りたファッション雑誌なんですけど、今公開されている話題の映画の特集が載ってて」

「見に行きたいの？」
「はい。映画を見てきた友達も、面白かったって言ってたし」
そう言って、イチゴを口の中に入れようとした私は、
「じゃあ隼人と行ってきたら？」
修平さんの言葉に、フォークを持つ手が止まる。
視線を投げかけると、修平さんがニッコリと微笑んでいた。
「…えっ？」
「二人で出掛けたことないでしょ？　もう受験も終わったんだし、行って来なよ」
隼人さんと出掛ける…？
まともに話したこともないのに、一緒に出掛けるだなんて考えられない。
それに私達は付き合ってるとはいっても、気持ちがあるわけじゃないし…
様々な考えが頭の中を駆け巡《めぐ》る私の横で、さっきからずっと黙々とケーキを頬張《ほおば》っていた和也さんが、
「俺も行きたい」
お皿が空になり口を開くと、「お前は黙ってろ」という声と一緒に、ドアノブの回される音が聞こえてきた。
部屋に入ってきたのは、1時間ほど前どこかに出掛けていった隼人さん。「おぅ」と手を上げる和也さんに見向きもせず、冷蔵庫から缶ビールを取り出すと、レザーソファーに腰掛ける。

缶のプルタブを開けた隼人さんが喉にビールを流し込んでいると、
「隼人、美咲ちゃん映画見に行きたいんだって。来週二人で行って来いよ」
修平さんが声を掛ける。それと同時にゆっくりと缶から口を離した隼人さんは、
「あ？」
鋭い眼光を放ちながら、凄むような声を出した。
「だから映画だって。今話題のやつがあるんだってさ。隼人、美咲ちゃんの彼氏なんだから連れてってやれよ」
視界に入る光景に臆することなく修平さんが言葉を続けると、隼人さんの眉がピクッと動き、右手に握られたビールの缶が音を立てながら変形した。
「隼人が行かんのやったら、俺が連れてったる」
隼人さんの明らかに嫌がっている様子を見て、和也さんが私に気遣う。
「あの、私そこまで行きたい気持ちが強いわけじゃないんで。DVDが出るのを待ってもいいし…」
お兄ちゃん達か友達と行くつもりだったのに、なんでこんなことになっちゃったんだろう…
「ええやん、俺も美咲とデートしたいし。来週の土曜行こうや」
「でも——…」
バキバキッ——

一気に潰される缶の音に口を閉ざした私は隼人さんに視線を戻すと、すでに隼人さんはソファーから腰を上げていて、
「帰るぞ」
そのままドアに向かった。
時計を見ると、すでにいつも私が帰る時刻。
急いでバッグに雑誌をしまい、隼人さんに駆け寄った私は、
「お前は来なくていい」
聞こえて来た声に、“えっ？”と顔を上げる。
隼人さんの視線は私の後ろに向けられているようで、不思議に思って振り返ると、和也さんがそこに立っていた。
「なんでや？」
隼人さんと一緒に私を送ろうとしてくれていた和也さんは、顔をしかめる。
「まぁ隼人がそう言ってんだから、お前は残りのケーキでも食っとけ」
修平さんが和也さんの肩を掴み無理やりソファーに座らせると、和也さんはブツブツ文句を言いながらもナイフを使ってケーキを切りはじめた。
ケーキをお皿に移す和也さんを見つめていた私の肩に、いつものように隼人さんの腕が回される。
そのまま隼人さんが開けたドアから部屋を出ようとすると、
「美咲ちゃん、バイバイ」
笑顔で手を振る修平さんと、その後ろでフォークを咥えながら、「来週な」と言って手を上げる和也さんの姿があっ

た。
えっ？　今日は隼人さんと運転手さんだけ？
運転手さんとは挨拶を交わす程度で、話したことなんてないし…
てっきり今日は修平さんが一緒に乗ってくれるんだと思っていた私は、急に心細くなった。

車に乗り込むと、いつものように腕はすぐに離された。
出発した車の中は案の定《じょう》誰も話すことはなく、私も話し掛ける勇気がないので、黙って窓の外に視線を向けていると、
「来週早く来い」
突然、沈黙が破られる。
「えっ？」
反射的に振り向いた私の視界に、
「10時に迎えに行く」
腕を組んだまま、外の景色を眺めている隼人さんが映り込む。
“なんで？”という疑問より、隼人さんが口を開いたことに驚いた。
隼人さんから話し掛けてくるだなんて…
ポカンと見つめていると、その視線に気づいた隼人さんがこっちに振り向き、目が合った。
慌てて視線を逸らそうとしたけれど、その前に隼人さんの左手が伸びてきて――…

車の中で、初めて私の肩に腕を回してきた。
驚きと恥ずかしさで私が俯くと、フッと鼻先で笑った隼人さんはその手で私の髪をいじり始める。
隼人さん、どうしちゃったんだろう…??
駅に着くまでの間、この静かな車内でずっとドキドキしっぱなしの心臓の音が、隼人さんに聞こえてるんじゃないかって心配でたまらなかった。

門限

いつもより車に乗っている時間が長く感じた。
肩には隼人さんの腕がずっとあって、別れ際いつもは何も言わない隼人さんなのに、「じゃあな」って言ってくれた。
車を降りたあとも頭がボーッとしていた私は、無意識のうちに駅前の噴水の周りに置かれてあるベンチに腰掛けていた。

２月の夕方５時半、すっかり空は暗くなっていたけれど、この場所は駅の灯《あか》りやお店のネオンで明るく、たくさんの人で賑わっている。
どうしよう…顔がまだ熱い…
噴水から流れる水の音が心地よく響き、両手で頬を覆いながら俯いていた。
どのくらい時間が経ったのか、
「ねぇ、どうしたの？　気分悪いの？」
突然上から落ちてきた声に頭を上げると、ニッコリ微笑む爽やかな若い男性がいた。
「誰かと待ち合わせ？」
「あ、は——…」
ん？　私、お兄ちゃん達に電話してない。
長いことボーッとしていた気がする…

あれ、今何時？
時計台を見ると、６時半。
すでに隼人さんと別れてから１時間も経っていた。
どうしよう！
６時前には、お兄ちゃん達に電話しなきゃいけないのに！
バッグから携帯を取り出すと、二人からの着信がひっきりなしにあった。
「ねぇ、大丈夫？」
「えっ？」
すっかり男性の存在を忘れていた私が、「あ、大丈夫です」と立ち上がろうとした瞬間、なぜか男性が隣に腰を下ろした。
「俺、約束すっぽかされたんだよね」
「はぁ…」
早くその場を去りたかったものの、横に座って話し掛けられているので、放っていくことができなかった私は、
「一緒に飯食いに行かない？　いい店知ってんだけど」
「いえ、私は――…」
「てめぇ、いい度胸してんじゃねぇか」
聞き慣れた声に視線を流すと、鋭い眼光を浮かべながら、腕を組んで仁王立ちしている俊がいた。
明らかに俊よりも年上に見える男性は、「じゃ…じゃあ、俺はこれで」とあたふたとその場を立ち去って行く。
その後ろ姿を目で追っていた私は、

ん??
射るような視線にパッと振り向くと、
「美咲…」
最初は小さく呟くような声だったのに、
「はい…」
「約束の時間から何分経ってると思ってんだ!!!　30分も経ってんじゃねぇか!!」
周りの人もビクッと体を震わせてこっちを見てくるほどの、大声で怒鳴られた。
すぐに俊はジャケットのポケットから携帯を取り出し、
「兄貴、美咲見つけた」
私を睨みつけながらお兄ちゃんに電話を掛ける。
俊、怒ってる…お兄ちゃんもきっと…
「あぁ。わかった」
不安そうに俊を見つめていると、携帯を閉じた俊に腕を掴まれ、「行くぞ」と立たされた。
「ご、ご飯の材料買ってないよ！」
「んなもんあとだ。兄貴がすぐ連れて来いっつってんだよ」
「………」
言葉を失う私を、駅の傍に止められた車の前まで連れて来た俊は、一旦足を止め振り返る。
「覚悟しとけよ」
私の瞳の奥を見ながらそう言うと、後部座席のドアを開け、私を強引に車に乗せた。

家に着いて俊に続いてリビングに入ると、腕を組みながら目を瞑っているお兄ちゃんが食卓の椅子に座っていた。
私達の気配に気づいているはずなのに、微動だにしないお兄ちゃん。
そのただならぬ雰囲気に、私は立ち竦む。
いつもなら「おかえり」って笑顔で出迎えてくれるのに…
「そこに座れ」
俊が指差したのは、いつも私がご飯を食べている時に座っている椅子。お兄ちゃんと向かい合う形になった。
「美咲、お前の門限は何時だ？」
私が座ってすぐ、お兄ちゃんの横に立つ俊が口を開いた。
「６時です…」
二人の雰囲気に押される私の声が、自然と小さくなる。
「なんで遅れた？」
「………」
「どこ行ってた？」
「………」
「誰といたんだ？」
「………」
「大体今日お前、近所の友達の家に遊びに行くっつってなかったか？　なんで駅にいんだよ？」
「……最初は家で遊んでたんだけど、学校の近くにできた新しいお店に行ってたの…友達とは一緒に帰って来たけど、お買い物しなきゃいけないからって駅で別れて…」
駅に着いてからお兄ちゃん達に電話した時、もし『なんで駅にいるんだ？』って聞かれたらなんて言うかを事前に考えていたので、それをそのまま答えた。
「なんで電話しない？　大体なんで買い物もせずにベンチに座ってんだよ」
「………」
「それに駅前は変な奴が多いから、待つ時はスーパーにいろっつってるよな？」
「…はい…」
「なんの連絡もねぇし、電話も出ねぇし。もう少しでチーム総出で捜しに行くとこだったんだぞ」
「ごめんなさい…」
「あのベンチで何してた」
「………」
俊はさっきから痛いところを突いてくる。
答えられないようなことばっかり聞いてくるから、ますます形勢が悪くなって――…
さっきからずっと黙って私達のやり取りを聞いていたお兄ちゃんは、ここにきてゆっくり目を開けた。そして、
「門限を早める」
「えっ？」
「５時までに帰って来い」
「で、でも６時でも早いのに、５時だなんて…」

「５時でも十分に遊べる。電車使って出掛けた時は今と同じ、最低でも門限の15分前には駅にいろ」
「だけど――…」
「俺達がまだ駅に着いてない時は、店の中で待て」
困惑する私を他所に、険しい表情のお兄ちゃんは淡々とした口調で言葉を続けた。
「で、でも！　俊は私より１コ下なのに門限ないよ！」
「俺はいいんだよ」
何それ？
俊の答えに頬を膨らますと、強張《こわば》った顔のお兄ちゃんが目を見開き、一気に戸惑う表情へと変わる。
「なんだ、その顔？　美咲、お前反省が足りねぇぞ!!」
食卓をバンッと叩く俊に怒鳴られ、しょんぼりとなった私は、
「これからは守るから…」
俯きながら小さく呟いた。
「なんだ、お前？　さっきから膨れたりしょげたり、兄貴の弱みに付け込むようなことばっかしてんじゃねぇよ!!」
「ちゃんと守る…」
「兄貴、負けるな」
俊の視線が、私からお兄ちゃんへと移る。
「お兄ちゃん…」
俯いたまま目だけをお兄ちゃんに向けると、お兄ちゃんはさらに困惑した表情になり、

「兄貴！　美咲の上目遣いに負けんじゃねぇ！」
私の目をずっと見続けていた。
しばらくの沈黙が流れ、
「門限は5時半。以上」
お兄ちゃんは大きなため息と一緒に言葉を吐き出した。
「兄貴!!」
「俺の決定だ。口出すな」
俊に向かってそう告げると、「飯買って来い」とお財布から5千円札を取り出し、俊に手渡す。
それを受け取った俊は、まだ何か言いたそうな表情だったけど、
「………」
結局は何も言わずリビングから出て行き、すぐに玄関のドアの閉まる音がした。
俊が家を出て行ったあと、お兄ちゃんは静かに口を開く。
「美咲」
顔を上げると、真剣な面持ちのお兄ちゃんがいて、
「美咲、俺も俊もお前のことが心配だから怒るんだぞ」
お兄ちゃんの言葉に黙って頷いた。
「お前に何かあったらどうする」
「………」
「さっきだって、俊は“事故にあったのかもしれねぇ”“誘《ゆう》拐《かい》されたかも”って警察に電話しようとしてたんだぞ。あと少し遅かったら俺も――…」

何かに気づき言葉を止めたお兄ちゃんは、ゆっくりと立ち上がり、
「俊が帰って来たらもう一度謝っとけ」
私の頭にポンッと手を置いたあと、リビングを出た。
「――…ふぇっ――…ッ――…」
リビングのドアが閉められるのと同時に、さっきから我慢していた涙がポロポロと溢れ出た。
怒られたから涙が出たんじゃない。
あんなにも怒ってるお兄ちゃんと俊、初めて見た。
私のこと、そこまで心配してくれてるだなんて知らなかった。
今までお兄ちゃん達に本当のこと言えなかった。
彼氏ができたって言ったら絶対に連れて来いって話になる。
偽りの彼女だもん…本当の彼氏ができたわけじゃない。
そんなことお兄ちゃん達になんて説明すればいいの？
お兄ちゃん、俊、心配かけてごめんなさい…
あとでお兄ちゃん達に本当のことを話そう――…

秘密にしてること

涙が止まってから自分の部屋に行き、ベッドの上で足を抱え座っていると、
「美咲、俊帰って来たぞ」
お兄ちゃんがドアをノックする。
「わかった」と返事をすると、お兄ちゃんは「早く来いよ」と言って階段を下りて行った。
大きく深呼吸をしたあと、腰を上げドアを開ける。
こんな気持ち初めて…お兄ちゃん達と顔を合わせ辛いだなんて…
階段を下りる足取りが重い。
それでもちゃんとお兄ちゃん達に謝って、事情はあるけど、彼氏ができたことを報告しようって心に決めていた。

緊張しながらリビングに入ると、すでに二人とも席に着いていた。食卓には俊の買ってきたお弁当がそれぞれが座る場所に置かれている。
お兄ちゃんの前にビーフステーキ弁当、俊の前にカツ丼、私にはオムライス。
その横には、プリンが置かれていた。
ホイップクリームとフルーツが載っている私の好きなプリン。

黙って席に着くと、いつものようにお兄ちゃんの掛け声を合図に、全員が食べ始める。
いつもは会話のある食事の時間だけど、今は重い雰囲気。
「美咲、さっきから全然箸が進んでねぇぞ」
お兄ちゃんはいつも通りに接してくれるけど、俊は一度も私の方を見てくれない。
俊が飲み物を取りに席を立った時、お兄ちゃんはため息を吐きながら、「あいつもまだまだガキだな」と呟いた。
コーラを片手に、俊が戻って来ると、
「俊、ミネラルウォーター買ってきてくれたか？」
お兄ちゃんが声を掛けた。
「頼まれてねぇけど」
「頼まれなくても買って来いよ。昨日お前が飲み干したんだろ」
「…コーラが中に入ってる」
「俺は風呂から上がった時は水しか飲まねぇんだよ」
「………」
浄水器が備え付けられてはいるものの、お兄ちゃんは水道水を口にすることはない。
「買ってくる」
俊は諦めてそう言うしかなかった。
「いい。お前はまだ飯の途中だろ」
お弁当を食べ終えたお兄ちゃんが、立ち上がってリビングをあとにすると、私と俊の二人だけとなった。

今が謝るチャンスだとは思いつつもなかなか口を開けることができずにいると、俊はお弁当を食べ終え、腰を下ろす場所をソファーへと移した。
まだ食べ終わっていない私のいるところと、たった数mしか離れていない距離。だけどお互い話すことなく、数分が過ぎた頃、
「さっきは悪かった」
俊の呟くような声が沈黙を破った。
パッと視線を向けると、俊がバツの悪そうな顔でこっちを見つめてて、その光景が目に入った瞬間、泣きそうになった。
「私こそごめんなさい。俊、ごめんね…」
声は震えているものの泣くまいと思った私は、近づいてきた俊に頭をそっと撫でられると、涙がポロポロ零れ落ちてきて、さらに「怒鳴ってごめんな」という言葉に、目の前にある俊の服を掴んで泣いた。
しばらくして私が泣き止むと、俊は「あんま心配掛けんなよ」と私の前に腰を下ろし、「食べろ」と言ってプリンを差し出した。
私に対して怒っていても、私の好きなデザートを買ってきてくれたことが嬉しい。
このデザートは結構ビッグサイズで一度に食べ切ることができず、半分食べたあとフタをして冷蔵庫にしまった。
その時冷蔵庫には、ミネラルウォーターが２本入っている

ことに気がついた。
私は買ってないし、さっきの様子から俊が買ってきたとも思えない。
きっとお兄ちゃんだ。
私と俊を二人きりにしたかったから、お兄ちゃんはわざと出掛けたんだ。
数十分後、戻って来たお兄ちゃんの持っていたビニール袋の中には、ミネラルウォーターではなく、アイスが入ってた。
やっぱりお兄ちゃん、私達のために…

お風呂から上がった私は冷凍庫からアイスを取り出すと、テーブルの前に腰を下ろした。
その傍にあるソファーには、ウーロン茶の入ったコップを手に持っているお兄ちゃんと、その横で雑誌を見ている俊が座っている。
今こそ彼氏ができたことを言うチャンスだと思った私は、口火を切った。
俊は雑誌を読み続けているけど、お兄ちゃんは私の方に体を向け、ちゃんと話を聞いてくれている。
最初は学校のこと、次にこの前友達と一緒に遊びに行った時のこと、そして——…
「あとね……か、彼氏ができたの」
大した話じゃない感じで、サラッと言ってしまえばいい。

そう思いながらもお兄ちゃんの目を見て言うことができなかった私は、空になったアイスのケースをテーブルに置きながら、何事もないかのように言った。
バリンッ――
何かが割れる音が部屋に響く。
えっ？
顔を上げると、さっきまでお兄ちゃんの持っていたガラスのコップが強く握られ過ぎて、今は…割れて…
「お、お兄ちゃん……コップが…て、手に血が…」
割れたコップを握っているお兄ちゃんの手が、血で赤く染まっていた。
足元には大小のガラスの破片がいくつも落ちている。
「あ、兄貴…」
雑誌を読んでいた俊の大きく見開いた目もお兄ちゃんの手を捉え、
「誰だ…どこのどいつだ」
視線を落とすお兄ちゃんは、小さく体を震わせながら低い声を出す。
「えっ？　あ、あの…」
「み、美咲。今すぐそいつ連れて来い」
俊も珍しく慌てた様子で、お兄ちゃんから私に視線を移した。
「あの…」
「安心しろ。別れさせてやる」

体は私に向けているものの、チラチラとお兄ちゃんの方を気にしながら俊が言う。
「えっと…」
「誰だよ」
「んっと…」
「早く言え」
なかなか言わない私に業を煮やし、俊の口調が強くなってくると、
「私じゃなくてあずさちゃんに…」
その迫力に負け、咄嗟に誤魔化してしまった。
「あ？」
声が小さすぎて聞き取れなかったのか、俊は眉根を寄せ、
「あ、あずさちゃんに彼氏ができたの」
「…そういえば、前にあずささんの彼氏がどうこう言ってたな」
すぐにいつもの顔になって、納得したかのように頷いた。
「なんだよ、美咲。驚かすなよ」
笑いながらお兄ちゃんが顔を上げる。
「ご、ごめんなさい…あのお兄ちゃん、手…」
私がお兄ちゃんの手を指差すと、「ん？　あぁ。大したことねぇよ」と微笑み、俊が手渡すティッシュボックスを受け取ると、取り出したティッシュで傷口を押さえはじめた。
「破片が落ちてるかもしれねぇから、お前は動くな」
救急箱を取りに立ち上がろうとした私は、お兄ちゃんの言

葉で動けなくなってしまい、代わりに俊がテレビの近くにあるキャビネットの取っ手を引き、救急箱を取り出した。
再びお兄ちゃんの隣に腰を下ろした俊は、
「俺一瞬、美咲に彼氏ができたのかと思って、マジ焦っちまったよ」
救急箱のフタを開けながら苦笑を漏らす。
「バカ言うな。美咲に彼氏はまだ早い」
「だよな」
「………」
あずさちゃんと私、同い年なんだけど…
「美咲、もしあずさちゃんに何かあったら俺に言えよ。いつでも力になるからな」
「うん…」
お兄ちゃんの笑顔に小さく頷き、二人に正直なことを言おうとしていた決心が揺らぎはじめた私は、割れたコップの破片を拾おうと手を伸ばした。
「触んな!!」
お兄ちゃんが咄嗟に荒げた声に、私の体がビクッと震える。
「あとで俊にやらせるから、美咲は触るな」
「また俺かよ…」
ため息を吐いた俊は、立ち上がって玄関に置いてあるスリッパを取りに行く。
戻って来るとそれを私の近くに置き、「美咲交代」と言って破片を拾いはじめる。私はお兄ちゃんの手当てを続けた。

なかなか血は止まらなかったけど、思ったよりも深い傷でなく安心した私は、
「わ、私ももうすぐ高校生だし、誰かと付き合ってもおかしくない年なんだね。彼氏いる友達結構多いし…」
大きめの絆創膏を、お兄ちゃんの手のひらに貼りながら勇気を出して言ってみた。
「人それぞれだろ。美咲は無理して彼氏つくる必要なんかねぇよ」
「俺達が守ってやっから心配すんな」
「結婚だってしなくてもいいんだぞ。責任持って俺が養ってやる」
「兄貴、俺も」
「お前は自分で働け」
「ちぇっ」
これ以上何かを言う気になれず、二人のやり取りを黙って聞いていた。
やっぱりお兄ちゃん達には言わないでおこう——…

お邪魔虫!?

土曜日、待ち合わせの10分前に駅に着いた。
階段を下り、キョロキョロしていると、
「美咲～」
手を大きく振りながら、和也さんが笑顔で近づいてくる。
「ちっス」
「おはようございます」
「今日は天気ええのに寒いな～」
口から白い息を吐く和也さんが眩《まぶ》しそうに目を細め、空を見上げた。
「今日はこの冬一番の冷え込みらしいですよ」
「マジか～おっ、あそこのベンチ空いたで。座ろ～や」
「あっ、はい」
和也さんに腕を引かれ、後ろをついて行く私は首を傾げた。
あれ？
いつもは会ってすぐ車のあるところに移動するのに、今日はどうしたんだろう…？
ベンチに腰を下ろすと、
「隼人と修平とは、中学に入ってからの付き合いやねん」
「隼人は鬼龍の17代目なんや」
「俺勉強できんけど、運動神経はめっちゃええねん」
和也さんが色々な話を聞かせてくれ、あっという間に10

分が経った。
「おっ、来た来た」
「えっ、隼人さん？」
こっちに向かって歩いてくる隼人さんの姿を見つけ、思わず驚きの声を上げてしまう。
毎週迎えには来てくれるけど、駅まで直接私を呼びにくるのは修平さんか和也さんだけで、隼人さんはいつも車の中で待ってるのに…
隼人さんは私達の座っているベンチに向かって真《ま》っ直《す》ぐ歩いてくると、
「なぜお前がここにいる」
目の前に座る和也さんを見下ろしながら、冷たく言い放つ。
「俺も今日ついて行こう思おてな」
ニッコリ答える和也さんに舌打ちをすると、隼人さんは黙って振り返り、来た道を戻って行った。
隼人さん、何しにここまで来たんだろう…？
隼人さんの後ろ姿に視線の焦点を合わせていると、すでにベンチから立ち上がっている和也さんが、
「美咲行くで」
手招きをする。
「いや〜昨日美咲が電話に出てくれてよかったわ〜」
並んで歩いている間、頭の後ろで手を組んで鼻歌を歌っている和也さんは、ずっとご機嫌だった。
「夕方掛けてくれた時、出られなくてすみませんでした」

「ええねん。俺こそごめんな～修平から美咲に緊急の時以外は電話すんなって言われてんねんけど」
昨日の夜、和也さんから『明日待ち合わせ何時や？』と電話が掛かってきて、“なんで私に聞くんだろう？”とずっと不思議に思っていた。だけど、
「待ち合わせ何時か隼人に聞いても教えてくれんからさ～」
前を歩く隼人さんに聞こえるぐらいの大きな声を上げる和也さんの言葉で納得した。
でもなんで隼人さん言わなかったんだろう…？
「俺も今日は後ろに乗ろっかな～」
声に反応し視線を投げ掛けると、後部座席に乗り込む隼人さんを視界に捉えている和也さんが、「うん。そうしよ、そうしよ」と頷いていた。
いつも四人で車に乗る時、後部座席に座るのは私と隼人さんだけ。隼人さんと一緒に送り迎えしてくれる修平さんか和也さんは、助手席に回っている。
和也さんが乗り込んだあと、私が乗ろうと腰を屈めると、隼人さんが眉間にシワを寄せながら、和也さんを睨みつけていた。
「おい」
「なんや？」
和也さんがクルッと隼人さんの方に振り向く。
「前座れ」
「なんでや？」

ひょうきんな声を出す和也さんに、隼人さんの目付きがさらに鋭くなった。
「狭くなんだろうが。四人しかいねぇんだから前行けよ」
「俺やってたまには気分転換に後ろ乗りたいんや〜」
潤んだ目で訴える和也さんに、隼人さんは苦虫を噛《か》み潰したような顔付きになる。
「あっ、じゃあ私が助手席に座ります」
咄嗟に“このままじゃいけない！”と思った私に、二人の視線が同時に向けられる。
「ええやん、美咲。仲良く三人で後ろに座ろうや」
「でも…」
「ええから、ええから」
和也さんに手首を掴まれ、もうすでに窓の外に顔を向けている隼人さんを気にしながら、和也さんの隣に座った。
前から思っていたけど、和也さんって結構大物かも。
隼人さんにあんな顔されても平然といられるだなんてすごい。

…久々のこの感じ。
最近は少しずつ慣れてきてたけど、今は初めて隼人さんと車に乗った日のような、もしかしたらそれ以上に張り詰めた緊張感が漂ってる。
だけど和也さんはのん気に座っているから、余計に隼人さんの雰囲気が怖くなって——…

「新宿」
不機嫌な声で隼人さんがそう言うと、運転手さんは返事をし車を走らせた。
新宿？　いつもは溜まり場にしか行かないのにな…
「今日何かあるんですか？」
「何言っとんねん。今日は美咲が見たい映画見に行くんやんか」
ニンマリとした笑顔の和也さんが答える。
「えっ？」
このメンバーで…？
「楽しみやな～」
どうしよ…まさか本当に映画に行くだなんて…困ったな…

駅の近くで車を降りると、隼人さんの数歩後ろを私と和也さんが並んで歩く。
デパートや飲食店、専門店が立ち並ぶ新宿の街は、人の波にのまれないよう、歩くのがやっとという感じだった。
一生懸命ついて行かないと隼人さんとはぐれちゃう。
でもなんでだろう…
隼人さんの半径１ｍ以内に人が寄ってこない。
私達は人とぶつかりそうになりながら歩いているのに…
そう疑問を抱きながらも、本当は答えがわかっていた。
隼人さん、ただでさえ普段から威圧的なオーラがあるのに今日は機嫌の悪さもあってか、いつもより近寄りがたい雰囲気が出てる。
今日は隼人さんの機嫌を損ねるようなことはしないように、気をつけなくっちゃ！
でも映画どうしよう…映画を見るためにここまで来たわけだから、“映画やめません？”とは言い辛い…
小さなため息が自然と零れた時、
「隼人～俺、腹減った」
「あ？」
和也さんの言葉に、ピタッと足を止めた隼人さんが振り返る。
「どっか店入ろうや～少し早いけど映画２時間ぐらいあんねんから、何か食っとこ。美咲もその方がええやんな？」
「えっ？　あ、はい」
本当はどっちでもよかったけど、同意を求められ思わず頷いた。
さっき車の中で和也さん、寝坊して朝ごはん食べられなかったって言ったもんね。
そう思っていると、隼人さんの鋭い視線が和也さんから私へと移った。
怒られる!!
パッと顔を伏せ、目を瞑った瞬間、
「何が食いてんだ」
思いがけない言葉が降ってきた。
「えっ？」間の抜けた声を出しながら顔を上げると、隼人さんは無表情だけど怒っているという感じではなかった。
そのことにホッと胸を撫で下ろしていると、
「俺、ハンバーグ」
「お前に聞いてねぇ」
キッと和也さんを睨みつける顔が一気に怖くなり、
「私、なんでもいいので…」
「ならハンバーグのある店にしようや」
ニッコリ笑顔を見せる和也さんに舌打ちをしたあと、隼人さんはスタスタと歩き出した。

昼食

まだ昼時には少し早かったので、待つことなく席に通された。
お店に入ってすぐ、「便所行ってくるわ〜」と和也さんがトイレに向かったので、私と隼人さんだけで席を案内してくれる店員さんについて行った。
私が壁側のベンチソファーに、その正面に隼人さんが腰を下ろしメニューを選んでいると、トイレから和也さんが「スッキリした〜」と言って戻って来た。
私の隣に腰掛けた和也さんがメニューに手を伸ばすと、
「おい」
隼人さんが和也さんを見据え、
「なんや？」
「こっち座れ」
顎で自分の隣を差した。
「へ？　なんでや？」
「こっち座れ」
さっきとは違う隼人さんの威圧的な低い声に、ビクッと体を震わせた和也さんは、「ちぇ〜」と言いながら隼人さんの隣に移動した。
注文をし終えると、すぐに隼人さんはタバコを取り出し、火を点ける。

未成年がタバコを吸っちゃいけないのはわかってるけど、隼人さんのタバコを咥えている姿がすごくかっこよくてつい見惚《みと》れていると、隼人さんと視線が絡んでしまい、慌てて顔を背けた。
何見てんだよって思われたかもしれない…
それに私、隼人さんと目が合う度に逸らしてるから、すごく感じ悪いと思われてる。
う～ん…
「なぁ、美咲って恋人にするならどういう男がいいん？」
考え込んでいると、目を輝かせる和也さんのワクワクしたような声が聞こえてきた。
「恋人ですか？　う～ん…」
一瞬思い浮かんだのはお兄ちゃんの顔で、その次が俊だった。
でもそんなこと言えないからなんて言おうか考えて――…
「困った時、助けを呼べるような人がいいです」
ニコッと笑顔で答える私に、和也さんは「ん？」と聞き返した。
「あの、上手く言えないんですけど…本当に助けが欲しい時に最初に思い浮かぶ人って、自分にとって大切な人じゃないですか」
「うんうん」
和也さんが相槌と一緒に大きく頷き、

「思い浮かんだからといってその人が自分のために駆けつけてくれる自信がなかったら、呼ぶことができなくて」
「まぁ、確かに俺もピンチん時は信用できるダチを呼ぶな。俺のために駆けつけてくれるような奴」
そう言って、和也さんは窓の外に顔を向け、フゥーッと白い煙を吐き出している隼人さんをチラッと見た。
「助けを呼べるってことは、その人に大切に想われてる安心感っていうか、自信がある証拠だと思うんです」
「ふむふむ」
「お互い想い合えて、信じ合えるような。そういう男性がいいです」
笑顔で言葉を言い切ったあと、ストローを使ってりんごジュースを飲んでいると、
「美咲は深いなぁ～」
和也さんは腕を組みながら、深々と頷いた。
「和也さんは？」
何げなく聞いた私の質問に、キョトンとした顔を見せる和也さん。
「俺は美咲みたいな子や」
ニカッと笑って答えるその姿に、
「えっ!?」
私は目を丸くした。
「隼人と別れたら美咲を俺の女にしたるからな」
胸を張りながら、ドンッと胸元を叩く和也さんの横で、無

表情の隼人さんが灰皿にタバコの灰を落とす。
「俺は隼人と違って純情やから安心し」
「はぁ…」
「隼人は色んな女と関係持つような男やけど、俺はそういうの軽蔑《けいべつ》しとる」
そう言葉を並べる和也さんの手が、自分の肩に置かれても隼人さんは見向きも口を挟むこともせず、タバコを吸い続ける。
「こいつに何人の女が泣かされたことか」
「はぁ…」
どういう反応をしていいのかわからず困っていると、
「お待たせ致しました」
店員さんが現れ、和也さんの前にハンバーグセット、私の前にはオーブンから出されたばかりなのか、まだ器の中でグツグツと音を立てているシーフードドリアが置かれた。
隼人さんの料理がまだ来てないので、私は手を付けずに待っていたけれど、空腹の和也さんはナイフとフォークを掴み、一口食べたあと、「うまっ」と言って笑顔を零した。
そして「美咲も食うか？」とフォークに刺さったハンバーグを差し出したけど「大丈夫です」と私が首を振って断ると、「そうかぁ」と手を引っ込め、モグモグとハンバーグを口の中に入れたまま再び喋りはじめる。
「でもな美咲。なんだかんだ言って隼人も一途やねんで～」
「えっ？」

「前の女に——…」
「和也」
今にも灰が零れ落ちそうなタバコを持ち、目を伏せている隼人さんは静かに言葉を遮り、
「やめろ」
キョトンとする私の前で、タバコを揉み消した。
「わ、悪《わり》ぃ。ちょっと調子に乗ってしもた」
目を泳がせながら焦ったような声を出す和也さんは、すぐに別の話題へと切り替える。
隼人さんの雰囲気は怒ってるとかじゃなく、本当に触れて欲しくないことをただ止めただけという感じだった。
それは関係のない人間に聞かれたくないからとかじゃなく、きっと今でも隼人さんの心の中に大きく残っているから——…そんなふうに思った。

映画館

その後はいつもと変わらない光景だった。
和也さんが楽しい話を聞かせてくれ、隼人さんは口を開かない。
一見何事もなかったのように振る舞っているけど、二人ともちょっと様子がおかしい。
時々和也さんがそっと隼人さんに目を向けていたし、それに気づいているのか、隼人さんは和也さんの方を一切見ようとしなかった。
ご飯を食べ終わると、隼人さんが伝票を持ってお会計し、私達の分も払ってくれた。
もちろんお金を渡そうとしたけど、「いらねぇ」と言ってお店から出て行ってしまい――…
…やっぱり隼人さんの様子がいつもと違う。
上手く言えないけど、歩くペースが早いし、私達との距離をさっきよりも長く取っている。
それに隼人さんはいつも私達が追いつくのを待ってから歩き始めるのに、さっきは私達がお店から出るのを待たずに歩き出していた。
そういえば前、武さんが『もうあいつはいいのか？』って言ってたっけ。
もういいのか？ってことは隼人さんは、その人のことを引きずってたってことだよね？
『前の女』って和也さん言ってたし、今付き合ってるわけではないみたい。
う〜ん…
やだ、何勝手に人のプライベートをあれこれ考えてるんだろう！
これ以上考えるのやめよう!!
でも…このままでいいのかな？　特に話したりしないけど、一応私隼人さんの彼女ってことになってるんだし、もし隼人さんにそういう人がいるなら、私と一緒にいるのってよくないんじゃ…
「美咲、クレープ屋あんで！」
和也さんの声にハッと顔を上げると、若い人達が集っているところにクレープ屋さんがあった。
そういえばさっきからいい匂《にお》いがしてる。
「美咲、クレープ好きか？」
「はい、好きです」
「じゃあ帰り食ってこーな」
和也さんの提案に、素直に頷いた。
前を歩く隼人さんが映画館に向かっている事には気づいていたけれど、“映画やめませんか？”と声を掛けることもできないまま目的地に到着した。
入り口のチケット売り場の前で壁にもたれながら腕を組んで待っていた隼人さんは、私達が近づくとすぐに口を開いた。
「どの映画だ」
「えっ!?」
「見たい映画」
「えっと…」
表に貼り出されているポスターに目を向け、キョロキョロと何かいい映画はないか探した。
アクション映画、アニメ映画、ホラー映画、ミステリー映画…
どれがいいんだろう？
「早く言え」
隼人さんの少しイライラした口調に急《せ》かされ、
「……あれなんですけど」
慌てて私が見たかった映画のポスターを指差すと、その方向に隼人さんの視線が向けられた。
ラブロマンス映画。
お互いに気持ちがありながらも、家柄の違い、親に決められた許嫁《いいなずけ》の存在など様々な困難を二人で乗り越えていく感動の映画なんだけど――…
隼人さんが見るような映画じゃない。
隼人さんは眉間にシワを寄せながら、ポスターから私の顔にチラッと視線を移したあと、何も言わずにチケット売り場に向かった。
すぐに和也さんが歩み寄ってきて、

「美咲、見てみ。隼人が並んどるで」
隼人さんに目をやりながら驚いた声を上げる。
「あ、はい」
隼人さんが並んでるからなんなのだろう？
小首を傾げる私は、「俺、隼人が並んどるとこ初めて見た」と言われ、私がチケットを買いに行かなきゃいけなかったんだと思った。
確かに、隼人さんは列に並ぶようなイメージじゃないもんね。
いつもお兄ちゃん達が買ってきてくれるのを近くで待っているから、気づけなかった…
戻って来た隼人さんは私にチケットを一枚渡すと、「行くぞ」とエレベーターに向かって歩き出す。だけど、
「俺のは？」
駆け寄って隼人さんの前に回り込み、手を差し出す和也さんに止められた。
「自分で買え」
「買ってきてへんのか!?　なんちゅー冷たい男や！　ついでに俺のも買ってきてくれたってええやんか」
隼人さんに冷たくあしらわれる和也さんの喚《わめ》き声が、周りの人の注目を集める。
二人のやり取りを少し離れたところで見ていると、ポンッと肩に手を置かれた。
振り返ると、微笑んでいる修平さんの姿があった。

「修平さん！」
「やっぱここだったかぁ」
「どうしたんですか？」
「いや、今日和也が顔見せないから、まさかと思って来てみたんだよね」
修平さんが苦笑いを浮かべる。
「あれ、修平やん！」
声が聞こえてきた方向に視線を流すと、こっちに近づいて来る和也さんの後ろで、私達に背を向けてエレベーターの方へと歩いて行く隼人さんの姿が目に入った。
「なんや、修平も映画見に来たんか？」
明るい声で尋ねる和也さんに、修平さんはニコッと笑った。
だけど次の瞬間、
「んなわけねぇだろ。おめぇが邪魔してると思って、連れ戻しに来たんだよ」
一気に笑みを消し、低い声で和也さんを睨みつけた。
「な、なんや修平…」
状況が呑み込めない和也さんは、修平さんの「おい、連れてけ」という言葉に、「和也さん、失礼します」と言いながら近づいてくる三人の男性に掴まれ、連行されて行った。
引きずられて出口から消えていく和也さんの姿を茫然と見つめていると、
「ごめんね、美咲ちゃん。デートの邪魔しちゃって」
修平さんがため息交じりに言う。

「いえ、デートだなんて…」
決まりが悪く俯いていた私の耳に、「美咲〜助けとくれ〜」という和也さんの叫び声が遠くから聞こえてきた。
心配になって顔を上げると、そこには微笑んでいる修平さんがいた。
「気にしなくていいよ。それより…あ〜隼人だいぶ機嫌悪いみたいだね」
エレベーターの近くにあるベンチに座る隼人さんを見てそう呟いた。
「まぁ、すぐに直ると思うから。隼人!!」
修平さんが隼人さんのところに行き、何か話している。
その光景を遠くで見ながら和也さんのことを考えていた。
和也さん、大丈夫かな？
映画、楽しみにしていたみたいなのに、一緒に見られなくて残念。
それにしても修平さん、どうしてわざわざ和也さんを迎えに来たんだろう？　人数多い方が楽しいのに。
特に和也さんに用事があるって感じじゃなかったよね？
しばらくすると、修平さんが私のところに戻って来る。
「じゃあね、美咲ちゃん」
そのまますぐその場を去ろうとしていたので、
「あのっ!!」
思わず引き止めてしまった。
「ん？　どうしたの？」

「…いえ…なんでもありません…」
“修平さんまで行っちゃうんですか？”って言いたかったけど、修平さんだって色々と忙しいだろうから言えなかった。
修平さんは優しく目を細めたあと、
「じゃあね」
私の頭をポンポンッと軽く叩き、出口へと向かった。
今気づいたけど、和也さんがいないのって結構大きい。
隼人さんとまともに話したことないのに、ここで二人っきりにされても困るよ…
修平さんが姿を消してもなお、出口から目を離せずその場に足を止めていると、
「おい、行くぞ」
すぐ後ろにジーンズのポケットに手を入れて立っている隼人さんに促された。
さっきの怒気をみなぎらせたような表情ではないものの、
「は、はい…」
萎縮《いしゅく》してしまう。
返事をしたあと駆け寄ると隼人さんは歩き出し、その数歩後ろからついて行った。
エレベーターに乗り込んでから、「あの、これ…」とお金を渡そうとしたけど、隼人さんはここでも受け取ってくれなかった。
話題の映画だったけど、公開してから結構経っていたので、

それほど混雑しているわけでもなく、隼人さんはやや後ろ側の真ん中の席に腰を下ろした。
コートを脱いだ私も座ろうとした時、ふと疑問が頭に過《よ》ぎった。
どうしよう…隣に座るべきなのか、一つ空けて座るべきなのか…こういう時ってどうすればいいの？
その場に佇《たたず》む私を、隼人さんが眉根を寄せながら横目を向け、
「何してる」
ぶっきら棒な口調で尋ねてくる。
すぐに「いえ、別に」と首を小さく振って席に座った。
隼人さんの一つ隣に。
すると隼人さんがジッと私を見据えていて——…
やっぱまずかったかな？
一緒に来て席空けて座るだなんておかしいよね。
私変に意識しすぎなのかも。でも今更行き辛い…でも、
「あの……隣……行ってもいいですか？」
恥ずかしさと断られる恐怖心から、コートをギュッと握りながらか細い声を出すと、「あぁ」と返事が返ってきたので隣に移った。
すぐに後悔した。
映画館の席って隣と肘掛が一緒だから、腕が隼人さんに当たっちゃう。
早く映画始まってくれないかな…

そう思っていた私は、足を組んで座っている隼人さんの左腕が私の席の背もたれに伸びてきた時、一気に鼓動が速くなった。
隼人さんの腕が私の背中に当たっていて、それがわざとじゃないってわかっているのに、全神経が背中の一点に注がれているようだった。
やだ、心臓の音聞かれちゃうよ…
辺りが暗くなってスクリーンの幕が徐々に開かれていくと、胸に手を当てながら深呼吸をし、なんとか落ち着こうと試みた。
映画に集中しよう!!
そう思ったけどやっぱり無理で——…
始まってすぐ隼人さんの様子が気になり、チラッと視線を向けると、隼人さんはスクリーンの方をちゃんと見ていてくれて嬉しかった。
心のどこかで隼人さんは映画を見ようとしないんじゃないか、出て行っちゃうんじゃないかって心配だった。
微笑んで見ていると、振り向いてきた隼人さんと目が合って恥ずかしくなった。
私が見たいって言うから映画に付き合ってくれてるのに…
なんでこいつ映画見てないんだよって思われたかな?
その後もしばらくは隼人さんの様子が気になっていたけど、話が進むにつれそれどころじゃなくなってしまい、すっかり映画に見入ってしまった。

寂しい気持ち

ハッピーエンドで終わったものの、心打たれる展開だったので、話の中盤から泣いている観客が多かった。
隣に隼人さんがいるから涙を堪《こら》えようと頑張ったけど、私も途中何度も目元をハンカチで押さえた。
「ハッピーエンドで終わってよかったですね」
エンドロールが流れる中私がそう言うと、スクリーンから視線を移した隼人さんは、怪訝《けげん》な顔で私のことをジーッと見た。その顔を背けると、
「行くぞ」
立ち上がって、足元にある灯りを頼りに出口へと向かう。
慌ててコートを羽織って隼人さんのあとを目で追うけれど、まだ館内は暗く、走ることもできずに歩いていると、私達より後ろに座っていたカップルの様子が目に飛び込んできて、無意識に足を止めていた。
スクリーンの灯りではっきり表情がわかるほどではないけど、泣いている彼女を慰めている男性、二人で「よかったねぇ」と語り合うカップル、彼氏に手を引かれ私の横を通り過ぎていく女性の様子が見えてきた。
急に虚《むな》しくなった。
一緒に来た人が傍にいないで一人で歩くのが寂しかった。
だからドアを出たところで待ってくれている隼人さんを見

つけた時、嬉しくなって駆け寄った。
「面白くなかったですか？」
エレベーターの中に入った時思い切って聞いてみた。
だけど私はこの質問をしたことをすぐに後悔することになる。
隼人さんは私を見下ろしながら、さっきと同じ訝《いぶか》しげな表情を浮かべ、
「面白くねぇっつーか」
“ん？”と首を傾げる私からスッと顔を逸らすと、
「よくわかんねぇ」
そう言って、ちょうど1階に着いたエレベーターから降り出口へと向かう。
なんだろう…この気持ち…
隼人さんがラブロマンスの映画を楽しめないことなんて、わかってたはずなのに…
前を歩く隼人さんの背中を見ながら、少し涙が出そうになった。
頭じゃわかっているのに、なんでショック受けてるんだろう…
周りのカップルと比べたって、根本的なことが違うんだから。
私達は付き合ってるけど、恋人じゃない。
“付き合ってる人”と“恋人”は違う。
一緒のようだけど全然違う。

気持ちがあるかないかの差で、こんなにも響きが違うんだって思い知らされる。
武さんは今忙しいのかあれから溜まり場に来る機会も減ったらしく、土曜日にしか行かない私と会うことはなくなった。
もういいんじゃないかな…
隼人さんと一緒にいるのが辛い…

「おい」
トボトボと後ろを歩いていた私は聞こえて来た声に顔を上げると、こっちを見ている隼人さんが何か言いたそうな顔をしていることに気がついた。
“早く歩け”って言われるのかな…ゆっくり歩きすぎたかも…
そう思っていた私は、
「どれだ」
「えっ？」
隼人さんの思い掛けない言葉の意味がわからず甲高い声が出た。
「クレープ食うんだろ」
隼人さんが私から視線を流した方向に顔を向けると、そこにはクレープ屋さんがあった。
一瞬隼人さんが何を言ってるのかわからなかったけど、
「食いてぇんだろ。和也と言ってたじゃねぇか」

すぐに理解した。
映画館に向かってる時、『帰りクレープ食ってこーな』という和也さんとの会話が隼人さんの耳にも入ってきて、それで今尋ねてくれてるんだとわかった。
隼人さんの気遣いが嬉しくて、それと同時に悲しくて、
「いいです…」
「あ？」
小さく呟いた私の言葉に、隼人さんが顔をしかめる。
いつもならそんな顔をされたら怖くて俯いてしまうかもしれない。
だけど今回は違う。隼人さんから目を逸らさず、
「隼人さん、もういいですから。帰りましょ」
「………」
もう十分だって伝えたかった。早く帰りたかった。
私は言い終えると同時に視線を足元に落とした。
本当にもう十分だった。
映画にも付き合ってくれた隼人さんに、これ以上無理をさせたくなかった。
気に掛けてくれることが嬉しくて、でもそれと同時に一緒に楽しめないことが悲しかった。
隼人さんが悪いわけじゃない。
価値観が違うのは仕方のないことだと思う。
私は隼人さんが何を好きで何を嫌いなのかわからないけど、無理やり相手に合わせるようなことをしていたら、私だっ

て疲れると思う。
私が楽しい時、相手にも楽しい気持ちでいてもらいたい。
そう求めることはわがままなのかもしれない。欲張りなのかもしれない。
それでも私と同じ気持ちでいてもらいたい。
だけど付き合って欲しいという気持ちがどんなに強くても、相手に無理をさせてまで付き合わせると、余計虚しくなるんだと知った。
それは隼人さんに対してだけじゃない。
お兄ちゃんや俊、友達にだって言えること。
「………」
私の言葉に対し、隼人さんは何も言わない。
私を見下す隼人さんの視線に気づいていなったわけじゃないけど、これ以上何かを口にする気はなく黙ってた。
このまま何も言わず、隼人さんが足を進めてくれればって心の中で思ってた。
それなのに隼人さんはいつまで経っても動く気配をみせない。
だから“もう行きましょ”って言おうとしたけど、しばらく続いた沈黙を破ったのは、隼人さんだった。
「もう帰んねぇといけねぇ時間なのか」
「………」
怒ってるというより不機嫌なその声に何も反応できず、俯いたままの私。

本当は頷きたかったけど、来る時の車の中で『今日は5時頃帰りたい』とすでに伝えてしまっていたので、できなかった。
今はまだ2時ちょっと過ぎ。
「ならまだいいだろ」
「………」
「どれか選べ」
「………」
黙って首を左右に振ると、
「これ以上イライラさせんじゃねぇ」
声のトーンが一気に低くなり、怒気を含んだ隼人さんの声が上から落ちてきた。
その瞬間、本当に泣きたくなった。
隼人さんの怖い声は何度も聞いてきたけど、私への苛立《いらだ》ちから直接出されたのは初めてだった。
何も言わない私に苛立ちを隠せない隼人さんは、私を道の端に移動させ、「動くなよ」と言って人込みの中に入っていく。
「………」
バッグを右手に提《さ》げながら顔を伏せ、その場に突っ立っている私の視界に、前を通り過ぎていくたくさんの人の足が入ってくる。
楽しそうな声がやけに耳に響いてくる。
それが孤独感を増長させた。

帰りたい…これ以上涙を堪えられる自信がない…
胸が詰まって苦しい。目頭が熱い。
本当に限界だった。
「持て」
しばらくすると隼人さんが戻って来て、差し出されたクレープを左手で受け取ると、隼人さんは反対のバッグを提げている私の腕を掴み、歩き出した。
ずっと視線を落としていたから、隼人さんがどこに向かって歩いているのかわからなかったけど、限られた視界の中からそれが駅の方じゃないということだけはわかった。
徐々にバッグがずり落ちてくる。
ちょうど隼人さんの手と私の腕が交差するところでブラブラと揺れていて、足を止め振り返った隼人さんが目で“バッグを持ち替えろ”と合図を送ってきた。
「自分で歩けます…」
バッグを反対の腕に持ち替え小さく呟いたけど、隼人さんは私の腕に再び手を伸ばしてきた。

二人の時間

隼人さんに連れて行かれた場所は、公園だった。
子ども達が遊んでいる遊具や砂場がある広場を通り過ぎ、葉っぱも落ち、寒々とした木が植えられている広場のベンチに座らされた。
今日は寒いので、大きい公園にしては人も少なめ。
近くのベンチに座っているのは、老夫婦以外いなかった。
目の前でベビーカーを押しながら歩く女性や父親に肩車されている子どもを見ていると、
「ショートケーキ食えんなら、それも平気だろ」
隼人さんがぶっきら棒な声を出す。
隼人さんが買ってきてくれたのは、ストロベリーとカスタードホイップクリームの入ったクレープ。
先週、あの部屋でショートケーキを食べていたから、きっとこれなら私も好きだと思って選んでくれたのかな…
「隼人さんって優しいんですね」
「あ？」
クレープを見つめながらポツリと零した私の言葉に、隼人さんが視線を向けてくるのを感じた。
「色々気遣ってくれるし」
「………」
「映画も…本当は行きたくなかったのに連れて来てくれた

し」
「………」
「でも、もう——…」
“無理しなくていいです”って言おうしたけど言えなかった。
隼人さんの動く気配がして横を見た瞬間、肩に隼人さんの手が伸びてきて、すぐに離れようとする私の体を自分の方に無理やり引き寄せた。
それでも隼人さんは私の方を見ようとはせず、前を見据えながら、
「テレビとか見ねぇんだよ」
低い声で話しはじめ、
「俺には何が面白《おもしれ》ぇのかわかんねぇ」
「………」
胸が苦しくなった。
毎週土曜日、あの部屋に何時間もいたけど、隼人さんがテレビを見ている姿を私は一度も見たことがなかった。
私がテレビを見ている時、和也さんや修平さんが一緒に見ることはあっても、隼人さんはレザーソファーに腰掛け、ビールを飲んだりタバコを吸ったり外に出掛けたりしていた。
まさか隼人さんがテレビを全く見ない人だなんて思わなかったけど、それでも心のどこかで隼人さんが映画に興味がないこと、ましてやラブロマンスの映画では楽しめないこ

とをわかっていた。
それなのに…隼人さんを止めず、無理して付き合わせた自分が本当に嫌になる。
涙目になっていることに気づかれたくないから、咄嗟に俯いた。
やだ…ここで絶対泣いちゃダメ…
ギュッと目を瞑った瞬間、
「けど、お前が楽しめればそれでいいと思ってる。だから連れて来た」
聞こえてきた言葉に思わず目線を上げると、隼人さんもこっちに振り向く。優しい目で私を見つめながら、隼人さんは肩に回している反対の手で私の頭をそっと撫でた。

「食え」
隼人さんの手が頭から離れると、私はクレープを食べ始め、隼人さんはタバコを取り出し口に咥える。
クレープを３分の１ぐらい食べ終えた頃、
「隼人さんって甘いもの苦手なんですか？」
今更って感じの質問をすると、タバコの煙を吸い込みながら横目を向けてきた隼人さんは、
「あぁ」
煙と一緒に言葉を吐き出す。
「美味しいのに…」
小さく呟くと、チラッと私の方を見た隼人さんは、すぐ傍

に設置されている灰皿に手を伸ばす。
タバコを揉み消すと、その中に吸殻を入れた。
クレープを食べながらその動作をボーッと見ていると、隼人さんが私の方に体を向け、そっと右手を私の顎辺りに置く。
私が目を見開いた次の瞬間には隼人さんの親指が私の唇をなぞった。
突然の出来事に固まる私の目の前で、クリームの付いた親指が隼人さんの口に運ばれ、
「甘《あめ》ぇ」
眉をひそめながら、低い声を出した。
ビックリしすぎて一気に食欲がなくなった。
だけど隼人さんがせっかく買ってくれたのに残すわけにもいかず、隼人さんの方を見なくて済むよう、顔を伏せたまま時間を掛け、黙々と食べた。
「寒くねぇか?」
この冬一番の寒さと言われていたのに、不思議と寒さを感じない。
本当にさっきまでは身を刺すような寒さだったのに、隼人さんの体に触れている部分から体全体に熱が行き渡っているようだった。
黙って首を横に振ると、
「風邪ひくなよ」
優しい声に、私を引き寄せる腕に、隼人さんの香水の匂い

に胸がときめいた。
お互い特に話すことはなかったけど、それを気まずいとは思わない、穏やかな時間が流れていた。
強い風が吹く度に、隼人さんがギュッと優しく引き寄せてくれるのを感じた。

「帰るぞ」
気がつけばもう家に帰らなければいけない時間になっていて、立ち上がった隼人さんの言葉に頷いた。
ベンチに座っている時は寒さを感じなかったのに、歩き出すと体が震え上がるほど風が冷たくて、顔の感覚が徐々になくなっていく。
特に耳と鼻が冷たい。
動かないでジーッと座っている方が寒いのに…
隼人さんの電話で迎えに来てくれた車が待っているところまで、隼人さんと並んで歩いた。
今日はずっと隼人さんの後ろを歩いていたので、隣で私のペースに合わせて歩いてくれることが嬉しかった。
車に乗り込むと隼人さんは窓を少し開け、タバコを吸い始める。
私は窓の外を見ながら、新宿から離れていく景色をずっと眺めていた。
たくさんの高層ビル、お店、歩いている人達。
心なしか新宿は大人っぽい女性が多い。

すれ違う人はみんなお化粧も髪形もキレイに整えられていて、高級そうな毛皮のコートを羽織っている人もたくさん見かけた。
原宿や池袋の方にお買い物に行く私にとって、新宿はなんとなく大人の街のイメージ。
それでも行列のできているお店を見かけると、今度お兄ちゃん達と一緒に来ようかなって思った。
「隼人さん、あの…武さんってまだ私のこと気に掛けてくれてるんですか？」
信号が赤になって車が止まった時、ずっと気になっていたことを尋ねると、
「あ？」
タバコを咥えている隼人さんの視線が、窓から私の方へと移った。
「だって私達もう１ヶ月以上会ってませんし…それに武さんからしたら私ってどう見ても子どもっていうか…からかわれていただけで、本当は私に興味なさそう…」
内容が内容なだけに、ボソボソと言葉を並べると、フッと鼻で笑った隼人さんは、
「だといいけどな」
白い煙を吐き出しながら灰皿に灰を落とす。
再びタバコを口元に運び、吸い込んだ煙を少し開けている窓の外に向かって吐き出した隼人さんは、
「顔合わせる度、お前連れて来いってうるせぇんだよ」

「………」
「会わねぇからって、お前への興味がなくなったわけじゃねぇ」
「………」
「心配すんな。何もしてこねぇよ」
視線を落とす私に目を向けると、優しい言葉を掛けながら灰皿にタバコを押し付ける。
私が気にしているのは武さんに対しての心配というより、隼人さんの方。
隼人さんがまだ私に縛られるんだって思ったら、申し訳ない気持ちでいっぱいになった。
今まで『自分でなんとかしますから、大丈夫です』って何度も言ってきた。
だけど、『俺達の責任だから』って修平さん達は言うし、隼人さんはその場にいても何も言わない。
いつの間にか隼人さん達と一緒にいることが当たり前になってきてる。
土曜日は鬼龍の溜まり場に行く曜日なんだって、もう私の生活サイクルがそうなっていた。
もし武さんのことがなくなったら、私達はもう会う必要がなくなる。
鬼龍の溜まり場に行くこともなくなって、修平さん達とも会えなくなるかもしれない。
私は隼人さん達に対し、一緒にいて楽しいという気持ちはあるけど、三人からしたら武さんのことがあるから心配して私と会ってくれているだけ。
今まで週１回のペースで会っていたから、会えなくなるって考えただけですごく寂しい…
もしどこかで三人を見掛けたら、話し掛けたいってそう思う。だから、
「あの、武さんのことがなくなっても、隼人さん達見掛けたら……声掛けてもいいですか？」
「あぁ」
隼人さんの返事に頬が緩んだ。
再び窓の外を見ながらボーッとしていると、私と同い年ぐらいの女の子の集団が目に入った。
もうすぐ卒業式だなぁ。
ほとんどの友達が同じ学校に上がるけど、それでも他の学校を受験した友達もいて、３年近く毎日学校で顔を合わせていた人達と離れ離れになることがまだ信じられない。
どんなに遠くにいても、会わなくなっても、この先友達であることに変わりはない。
だけど昨日見たドラマの話とか、家で起きた出来事とか新しくできたお店のこととか、今まで学校でしてきたそれほど重要じゃない話は、きっとできなくなる。
そうやって、少しずつ遠い存在になってしまうんだと思う。
春は別れと出会いの季節って言うけど、本当にそうなんだって実感する。

きっと高校に上がる頃には、私は隼人さん達と会わなくなっているんだろうな…
あっ、そういえば私パンフレット買うの忘れちゃった！
和也さんに渡そうと思ってたのに…
和也さん、今どこにいるんだろう？
溜まり場にいるのかな??　あっ!!
「隼人さん、このあと和也さん達のところに行くんですか？」
もうすぐ駅に着くことを知らせてくれる見慣れた景色からクルッと顔を逸らすと、腕を組みながら窓の外を見ていた隼人さんがゆっくりと私の方に顔を向ける。
「あぁ」
「じゃあこれ、和也さん達に渡しといてもらえますか？」
私はバッグからリボンで口を閉じたセロファン袋を三つ取り出し、隼人さんに差し出した。
「昨日学校で作ったバターケーキなんです。三人分あるんですけど、甘いのが苦手でしたら隼人さんの分は和也さん達に渡してください」
すっかり忘れてた。
和也さんが『お腹空いた』って車の中で言っていた時、どうして思い出せなかったんだろう。
「あぁ」
隼人さんは短く返事をしながらそれを受け取った。
その後すぐに、いつも私が降りている場所に車が止まった。

膝に置いてあるバッグを手に持ち、隼人さんの方に顔を向けると、隼人さんもこっちを見ていた。
「今日は楽しかったです」
「あぁ」
「送ってくれてありがとうございました」
「あぁ」
運転手さんにもお礼を言って、ドアノブに伸ばそうとした手は、
「お前の家、駅から近いのか」
隼人さんの声に止められた。
えっ？　家??　私に言ってるんだよね？
「歩いて15分ぐらいです」
「家まで送ってかなくていいのか」
隼人さんはそう言って、私の背後にある窓の景色に目をやった。
まだ暗いわけじゃないけど、もうすでに日が落ち始めているから、心配してくれてるのかな？
そう思ったらちょっと嬉しくなって、
「大丈夫です。お買い物して帰りたいし、それにお兄ちゃんが迎えに来てくれるので」
微笑みながら言うと、「そうか」と隼人さんは短く相槌を打つ。
車から降りて、ドアを閉めようとした時、
「土曜以外来れる日あったら電話しろ」

顔は見えないけど、中から隼人さんの声が聞こえて来て、「はい」と言ってドアを閉めると、ゆっくりと車が発進しはじめる。
車のテールランプがどんどん小さくなっていくのを、ずっと眺めていた。
本当に今日は楽しかった。
笑い合ったり、たくさん話したりすることはなくても、楽しい時間は過ごせるんだって初めて知った。
遠ざかっていく車を見つめながら隼人さんに感謝した。
車が視界からなくなると、バッグから携帯を取り出し、お兄ちゃんに電話を掛けスーパーへと向かった。

第6章
別れの季節

本音を聞くとき

映画館に行ってから、隼人さんとの距離が縮まったような気がする。
もちろんそれは彼氏としてじゃなく、友達というか知り合いとして。
以前は隼人さんに対し怖くて近寄りがたいというイメージがあったから一緒にいる時妙な緊張感があったけど、それがあれ以来なくなった。
送り迎えの車の中に修平さん達がいないことも度々あったけど、それを気まずいとか心細いとか思ったりはしなかった。
このまま穏やかな日々が続けばいいと願いながら突入した３月、私達の関係は大きく変わることとなる。

「美咲、何見とるんや～」
３月に入って最初の土曜日。
いつものように２階の部屋のソファーベッドに腰掛け、ディズニーランドのガイドブックを読んでいると、背後から声を掛けられた。
振り向くと、眉根を寄せながら後ろから覗き込む和也さんの姿があった。
「ディズニーランドのガイドブックを見てるんです。卒業記念にみんなと行くので」
「そっか〜もうすぐ美咲卒業やもんな〜」
そう言って、和也さんは近くにある一人掛けソファーに腰を下ろした。
「そうなんですよね…」
もう卒業式まで２週間切っちゃった…
嬉しいような悲しいような…
「美咲が卒業したらパァーッと遊びに行こな〜」
和也さんが缶ビールを高々と持ち上げるとドアがノックされる。
隼人さんと向かい合ってレザーソファーに座っていた修平さんがドアを開けた。
外にいる男性の話を聞いている修平さんの方を何げなく見ていると、バツの悪そうな表情を浮かべながら修平さんが私の方に視線を投げ掛けてきたので、一瞬目が合った。
すぐに修平さんは目を逸らしドアを閉めると、タバコを吸っている隼人さんのところに行き、真剣な表情で耳打ちしはじめる。
顔をしかめながら聞いていた隼人さんは、話が終わると同時にタバコを揉み消し、「すぐ戻る」と言って部屋をあとにした。
何かあったのかな??
隼人さんが部屋を出て行くのは珍しくないけれど、この時はなぜか気になった。

その後修平さんは「美咲ちゃん、何か飲む？」といつもと変わらない笑みを見せていたけど、なんでさっきあんな表情をしていたのか、なんで目を逸らしたのか気になって仕方なかった。
だけど、"何かあったんですか？"って聞くようなことはしない。
隼人さん達に対してでしゃばるようなことを言っちゃダメだってちゃんとわかってる。
でもそれが寂しかったりするのもまた事実で…
『すぐに戻る』と言葉を残して出ていった隼人さんは、1時間経っても戻って来ることはなく、さらに1時間が過ぎた頃掛かってきた電話に、修平さんは和也さんを引き連れ部屋を出て行った。
一人取り残されちゃった…
最初は友達にメールをしたり、本を読んだり、テレビを見たりして時間を過ごしていたけれど、それにも段々飽きてきて、開かれることのないドアを見つめながらボーッとしていた。
三人ともどこに行っちゃったんだろう…
時計の針が進む音だけが聞こえるこの静かな部屋で、
「トイレに行ってこよう…」
小さく呟いた私の言葉がやけに響いてた。
ドアを開けると、1階を見渡せるこの廊下からバイクをいじっている人達が目に入った。

前に隼人さん達と歩いている時、バイクをいじってる人達の方を見ながら、「あの方達何やってるんですか？」って尋ねると、「マフラーいじってるんだよ」と修平さんに言われ、「マフラーってなんですか？」って再び質問すると修平さん達に笑われた。
すぐ横を歩く隼人さんも口の端を上げていて、なんで笑われているのかわからず首を傾げていると、
「簡単に言えば音を消すもんや」
そう答えてくれた和也さんに、「美咲は可愛いな～」って頭を撫でられたことを思い出した。
私が通ると、その近くにいる人達が小さく頭を下げてくる。
“なんでだろう？”って思っていたけど、どうやら総長の彼女には、鬼龍の幹部並みに気を使わなければならないらしい。
「頼みたいことがあったら、そこら辺にいる奴捕まえてなんでも言っていいからね。よっぽどのことじゃない限り、美咲ちゃんのお願いはみんな断れないから」って以前修平さんに言われたことがある。
その時、ここの人達を騙《だま》しているような気持ちでいっぱいになった。
本当は隼人さんの彼女じゃないから、気を使う必要なんてないんだけどな。
以前作業場だった広いスペースを抜けると、トイレの近くにある水道でちょうど手を洗い終わった二人の男性がいた。

私を見ると、「ちっす」と頭を下げてきたので、「こんにちは」って会釈すると、今度は慌てて深々と頭を下げていた。
二人は近くのドアから外に出て行った。
そういえば一番初めにここに来た時は、このドアから入ったんだよね。懐かしいなぁ。
洗った手をハンカチで拭《ふ》いたあと、すぐに部屋に向かった。
隼人さん達もう戻って来てるかなぁ。
一人でいるのって寂しいんだよね…
ガチャ——
イヴの夜、私が入った大きな部屋のドアの前を通り過ぎようとした時、ドアノブが回される音に足を止めた。
反射的にそっちに目をやると、
「まさか本気で付き合ってるなんて言わないでしょうね!?」
5cm程度しか開かれていないドアの奥から、女性の叫ぶ声が聞こえてきた。
ダメ!!　人の話を勝手に聞いちゃダメ!!
ここから去らなきゃ!!
まだ完全に開き切っていないドアからは、中の様子が見えないし、このまま去ってしまえば向こうは私の存在に気づくことはない。
ドキドキしながら音を立てないよう、その場から去ろうとした私は、
「好きで付き合ってるわけじゃねぇ」

耳にした男性の声に、一瞬足を止めてしまう。
この声…隼人さん…の…
じゃあ…今話してることって…私のこと…？
「だと思ったぁ～じゃあなんで付き合ってるの？」
「お前等には関係ねぇ」
ドアのすぐ傍にいる隼人さんに、さっきとは別の女性が猫撫で声を出しながら近づいて来る気配を感じ取り、それと同時に走り出した。
「意地悪～ねぇ、隼人今夜さ～」
「触るな」
「いいじゃんか～」
その後すぐに隼人さんの携帯の着信音とドアの閉まる音が、少し離れたところから聞こえてきた。
たくさんの人がいる作業場に出ると、全力でそこを駆け抜けた。
口元に手の甲を当て、無意識のうちに顔を見られないようにして走った。
早くここから遠ざかりたい…
私に話を聞かれてたって、気づかれたくない。
階段を上ろうと曲がった時、ちょうど２階から下りてきた人と勢いよくぶつかった。
「す、すいません!!」
衝撃で後ろによろめいた私の腕を掴んで、慌てたような声を張り上げた短髪の男性は、真っ青な顔色をしていた。

「あ、ごめんなさい…」
「大丈夫ッスか？」
バランスを取り戻した私の腕から男性の手が離れると、大きく頷き、その男性を横切って階段を駆け上がった。

２階の部屋のドアを閉め、そこにもたれ掛かったまま誰もいないことがわかると涙が頬を伝ってた。
歪んだ視界の中、ヨロヨロと歩きながらソファーベッドに腰掛け、手に持っているハンカチで涙を拭いた。
だけど、次から次へとポロポロ零れ落ちてきて——…
ちゃんとわかってた。隼人さんが修平さん達に頼まれて仕方なく私を彼女にしたってことは…それでも隼人さんの口から聞くとやっぱりショックは大きくて…
「——…ッ——…」
いつ隼人さん達が戻って来るのかわからないから、早く泣き止まなきゃって頭ではわかっているのに、それができなかった。
何度も心の中で呟いた。
もう隼人さんの傍にはいられないって…
声を押し殺して泣き続けていると、いつの間にかソファーの肘《ひじ》掛に顔を伏せながら眠ってしまっていて、次に目が覚めたのはベッドの上だった。

「んっ——…」

ゆっくりと目を開けた私は、真っ暗な天井を見つめながらボーッとしていた。
あれ？　ここどこ？
ベッドから起き上がり、目が暗闇《くらやみ》に慣れてくると、辺りを見回した。
二人掛けのソファーが二つとその間にテーブル、それとこの大きなベッド以外この部屋に家具はない。
窓はあるけれど窓シャッターが下ろされていて、今は光を遮断している。ドアは二つあるみたい。
とりあえずこの部屋を出ようと思い掛けられていた毛布を畳み終えると、目を擦《こす》りながらドアを開け、隣の部屋の明るさに目を瞑った。
「美咲ちゃん、やっぱいたんだ！」
耳に飛び込んできたこの野太い声は、武さんのだってすぐにわかった。
「武さん？」
やっと明るさに目が慣れ、寝起きの声を出しながら視線を動かすと、いつもの部屋のレザーソファーに座って笑みを浮かべる武さんと、その武さんに缶ビールを差し出している和也さんの姿があった。
「おい、和也。美咲ちゃんいるじゃねぇか」
「いや、俺ホンマ知らんくて!!」
低い声で威圧するような目を向ける武さんに、和也さんは慌てふためいた。

受け取った缶ビールをテーブルに置き、すぐに腰を上げた武さんは私の前に立つと、
「美咲ちゃん、寝てたのか？」
さっきとは打って変わって、優しい声色で尋ねてくる。
それでも今の状況を呑み込めず、ましてや寝起きの頭じゃ深く考えられない私は、何も言わず武さんの顔をジーッと見つめた。
なんでここに武さんがいるの？
いや、むしろ私がいる方がおかしいんだろうけど…
辺りをキョロキョロ見回すと、隼人さんと修平さんの姿はなく、隼人さんがいないことにホッと胸を撫で下ろした。
あれ？　なんで私ベッドにいたんだろう…？
確かソファーベッドにいたはず……
さっき私が寝てたところ、いつもの部屋の隣だったんだぁ。
「おーい、美咲ちゃん。寝惚《ねぼ》けてんのか？　可愛いな〜」
何も言わない私の頭を武さんが撫ではじめ、
あれ、私今どういう状況に立たされているんだろう？
視線を足元に落とし、“う〜ん”と考えていると、
「み、美咲！　もう帰る時間やで!!」
慌てて和也さんが時計を指差した。
本当はまだいつもの時間より30分早かったけど、和也さんがこの場にいない方がいいと言っているような気がして、
「はい」と頷いた。
ソファーベッドに置いてあったバッグを持ち、ドアに近づ

くと、
「俺が送ってってやるよ」
「えっ!?」
武さんの発言に、和也さんが驚きの声を上げる。
「隼人は他の女んとこ行ってんだろ？　文句言われる筋合いねぇよ」
そう言うと武さんは私の腕を掴み、「あ、あの!!」と呼び止める私の声を無視して、ドアノブに手を掛ける。そして「和也、お前は来なくていい」と言い放つとドアを開けた。
武さんに引かれ、部屋を出て行った私は、
「そんな〜」
ドアが閉まる直前、背後から和也さんの叫び声を聞く。
「いや〜今日来てよかったぜ」
「武さん!?」
階段を下りながら、呼び掛けてみたものの効果なし。
どうしよう…このままじゃまずいよね…
そう思っていると、
「なぁ、美咲ちゃん。本気で隼人と付き合ってんの？」
前を向いたまま、一向に足を止める気配のない武さんから思わぬ質問をされた。
「…えっ？」
「だって美咲ちゃん、あいつのタイプじゃねぇだろ」
「………」
「俺が隼人の女には手ぇ出さねぇから、それで付き合ってる振りしてんじゃねぇの？」
「………」
本当は武さん気づいてる…？
声の調子から、武さんを騙してることに怒っているとか、私を責め立てようとしているわけじゃないことがわかる。
もし私が“本当に付き合ってます”って答えたら、武さんは“そっか”って、それ以上聞いてきたりはしないような口振りだった。
だからと言って“付き合ってます”なんて言えない。
ましてや『好きで付き合ってるわけじゃねぇ』なんて聞いたあとじゃ、尚更《なおさら》言えない。
「………」
私が黙り込んでいても武さんは、“やっぱりな”と言ってくることはなかった。
武さんの中でまだ私は隼人さんの“彼女”として扱ってもらえるみたい。
その代わり武さんはクルッと振り返り、
「美咲ちゃんが隼人のこともし本気ならやめときな。傷付くだけだぜ」
口の端を上げ笑っていたけれど、私の瞳の奥を真っ直ぐ捉えている眼差しは真剣そのものだった。
私が武さんの言ったこの警告とも取れる言葉の本当の意味を知ったのは、私のことを想って言ってくれた言葉だったんだと実感するのは、ずっとずっと先のことだった。

「………」
何も言えないまま私は武さんに引かれ、出口へと向かって歩いていた。
なぜ武さんはあんなこと言ったんだろう…
隼人さんが私のことを好きになることはないから？
隼人さんにはさっきの女の人がいるから？
あれこれ考えていると、
「あちゃ～俺も運ねぇな」
自嘲《じちょう》気味に笑って足を止めた武さんを不思議に思い、視界を遮る武さんの背後からヒョコッと顔を出す。すると、
「武さん!?」
そう言って目を丸くする修平さんと、その横ですごい剣幕でこっちを睨みつけている隼人さんの姿があった。

距離

隼人さんの鋭い眼光が私の腕を掴む武さんの手に向けられていると、それに気づいた武さんはパッと手を離し、笑いながら両手を軽く上げた。
「こっち来い」
隼人さんが顎で自分の隣を差す。
それなのに私は動けなかった。
『好きで付き合ってるわけじゃねぇ』
さっきからずっと隼人さんのあの言葉が、頭の中を駆け巡っている。
隼人さんの顔を見るだけで、ドクンドクンって心臓が波打つ。
苦しい…傍に行きたくない…
「美咲ちゃん？」
修平さんの戸惑うような声にハッとした私は、「早く来い」という隼人さんの言葉に背中を押され歩き出し、隼人さんを避《さ》け、修平さんの隣に行った。
「美咲ちゃん、何かされた？」
背後に立つ私に修平さんが体を捻って尋ねてくると、首を横に振った。
この時、横から注がれる視線に気づいていたけど、隼人さんからはずっと顔を背けていた。

隼人さんは悪くない。
何も悪いところなんてないって、ちゃんとわかってる。
だけど隼人さんの顔を見たくない…
「美咲ちゃん、もうお前にウンザリしてんじゃねぇの？
別れてやれよ」
私達の様子を見ていた武さんが鼻先でせせら笑うと、
「武さん、いい加減にしてもらいたいんスけど」
隼人さんは凄むような低い声で言い返した。
「いや、美咲ちゃんがもう帰らねぇといけねぇ時間だっつーから、送ってってやろうと思ってな」
「余計なことすんじゃ——…」
「隼人さん!!」
被ってきた声に舌打ちをした隼人さんは、背後から駆け寄ってくる二人の男性に振り返る。
「スネークがシマを荒らしに来てるそうです！」
「あとチーマーが15人ほど街で暴れてるって連絡が」
スネーク？　チーマー？　シマがどうかしたの…？
ポカンとしているのは私だけらしく、修平さんは一気に眉をひそめ、武さんは口角を吊り上げながらタバコを咥えた。
「20人連れて和也に行かせろ。そっちは六人でいい」
隼人さんが和也さんにはスネークという方に、チーマーの方には六人行かせるように指示を出すと、「はい」と返事した二人の男性のうち一人は和也さんのいる２階へと向かい、もう一人は携帯を耳に当てながら歩き出した。

一気に建物の中が騒がしくなった。
慌《あわただ》しく走っていく数人の男性。
外からバイクや車のエンジンの爆音が、建物の中にも響き渡る。
それでも動いているのはほんの一部で、ほとんどの人はいつもと変わらずしゃがみ込んで談笑を続けたり、バイクを改造していたりしている。
「帰るぞ」
その光景に見入っていると、こっちに近づいてくる隼人さんの手が私の腕を掴もうと伸びてきて——…
咄嗟に修平さんの体を楯にして隠れてしまった。
こんなことしたら隼人さんにも失礼だよ…
武さんから私を守るために付き合ってる振りをしてくれてるのに…武さんの前で避けるようなことしてたら意味なくなっちゃう…でも…隼人さんに触れられたくない…
「美咲ちゃん？」
当惑した表情の修平さんに、何も答えず顔を伏せていると、
「…行くぞ」
隼人さんはそう言い捨て、出口へと歩き出した。だけど、
「お前が行った方がいいんじゃねぇの？」
武さんの声ですぐに足を止められる。
隼人さんが振り返ると、
「縄張り争いは最初が肝心だぜ」
武さんは不敵な笑みを漏らしながら、タバコを地面に投げ

捨てた。
縄張り争いって…
スネークってもしかして暴走族なの？
和也さん大丈夫かな？
不安になった私は和也さんがいる２階へと視線を向けたけど、閉まった部屋のドアの前にはさっきの男性もいなかった。
隼人さんは武さんの言葉に対し、何も言わなかった。
表情一つ変えずに再び歩き出し、「美咲ちゃん行くよ」と修平さんに促され、私も出口へと向かった。
和也さんのことが心配だったけど、私が聞いていいことなのかわからず、口を噤んでいた。
車に乗る直前、「美咲〜行ってくるな〜」と陽気に手を振る和也さんの姿を見て、少しホッとした。
私が手を振り返していると、「和也さん、急いでください」とエンジンの掛かったバイクに跨《またが》っている男性が叫ぶ。
それでも、「美咲〜今度ドーナツ食おうな〜」とさらに大きく手を振る和也さんは動こうとせず、「とっとと行きやがれ」と修平さんが声を荒げてはじめて、「ちぇ〜」とさっき叫んでいた男性の方へと近いて行く。
和也さんがバイクの後ろに跨ると、エンジンを掛けて待っていたバイクと車が一斉に走り出す。
遠ざかっていくエンジン音はやがて聞こえなくなった。

すでに隼人さんは車に乗り込んでいた。
後部座席のドアノブに手を掛けながら私が乗るのを待っている男性がいる。
やだ…隼人さんの横に行きたくない。
気が重い。
その場に突っ立っていると、助手席のドアを開けた修平さんに、「美咲ちゃん、どうしたの？」と声を掛けられた。
修平さんも一緒に後ろに乗って欲しかったけど、さすがにそんなことは言えないので、「いえ、何も…」と答えた。
後部座席に座り、閉まったドアギリギリのところまで身を寄せると、隣から強い視線を受けた。
「またスネークか。最近やたらと動くな」
助手席に乗り込んだ修平さんが口を開くと、視線を窓の方に移す隼人さんが、「あぁ」と短く返事した。
「結構奴等に潰されたチームあるみたいだな」
「あぁ」
「まぁ、小せぇチームばっかだけど」
心なしかいつもより修平さんの声が低く感じ、それに余計不安を煽《あお》られた私は、
「あの…和也さん大丈夫なんですか？」
遠慮がちに会話に入り込んだ。二人の視線が同時に私に向けられる。
本当は私が聞くことじゃないってわかっているけど、やっぱり和也さんが心配だよ…

気まずさに私が目を伏せると、
「美咲ちゃんが心配するようなことじゃないよ。それに和也ってバカだけど、喧嘩強いから」
修平さんがニコッと笑う。
喧嘩？
和也さん喧嘩しに行ったの…？
確かに話し合いしに行くような雰囲気じゃなかったけど…
「まぁ、喧嘩って言うより俺達のテリトリーから追い出しに行っただけ。和也を行かせるほどのことでもないんだけどね。脅しっていうか忠告の意味も兼ねて和也に行かせたんだよ」
脅し??
さらに付け加えられた言葉の意味は正直よくわからなかったけど、修平さんは穏やかな口調なわりに、言っている内容は穏やかなんかじゃないっていうことだけはすぐにわかった。
その後はたまに修平さんが私に話し掛けてくるぐらいで、他に会話はなかった。
途中、修平さんに掛かってきた電話でチーマーという人達の方は、「片が付いた」と隼人さんに告げていたことで、解決したのだとわかった。
だけど、スネークの方に行った和也さんからの連絡がなかなかなかった。
修平さんは何も言わなかったけど、車の時計に何度も目を向けていた。
何かあったんじゃないかと不安でいっぱいになった私は、駅に着く少し前、やっと修平さんに掛かってきた電話口から漏れる和也さんの元気そうな声に、ホッと胸を撫で下ろした。
短いやり取りを交わしたあと、修平さんは「逃げられてんじゃねぇよ、ボケ」と言って電話を切り、
「向かった時にはもう外に出たあとだったらしい」
呆れたようにそう言い放つと、腕を組んでいる隼人さんは、瞑っていた目をゆっくりと開け、「わかった」とだけ答えた。
「ったく和也の奴、駆けつけんのが遅《おせ》ぇんだよ」
修平さんが額に手を当て、大きなため息を吐くと、短い沈黙が流れ、
「奴等の集会、いつか調べろ」
静かに口を開いた隼人さんが窓を少し開け、取り出したタバコに火を点けた。
「ん？　あぁ。乗り込むのか？」
「何人か行かせて警告しとけ。次は容赦しねぇってな」
そう言ってタバコの煙を吸い込む隼人さんに、チラッと視線を流す修平さん。
「連絡しとく」
携帯を取り出し、どこかに掛けはじめた。
二人のやり取りを聞いていて、なんだかよくない展開にな

っているような気がしたけど、私が口を挟んではいけないことだとちゃんとわかっているから口を噤んでいた。
和也さんが無事だってことを帰る前に知れただけ、よかったと思う。
和也さんへの心配が解消された今、私の頭の中は再び隼人さんのことでいっぱい。
今まで隼人さんはどんな気持ちで私と一緒にいたのかな？
私、隼人さんの気持ち考えずに、普通に隼人さんの前で笑ってた。
なんか馬鹿《ばか》みたい…一人で勝手に隼人さんとの距離が縮まったような気になってた…
だけど隼人さんの本当の気持ちを聞かなきゃよかったとは思わない。
こんなにも胸が苦しいのに、知ってよかったって思う。
『武さんのことは自分でなんとかします』と言いながらも、不安な気持ちもあってか、実際本人に強く告げた事はなく、隼人さん達の好意に甘えてた。
隼人さん達と一緒にいるのが楽しくて、自分から離れていくことができなかった。
でももうこのままじゃいられない。
「あっ、そうだ。美咲ちゃん、来週の水曜俺達と昼飯食べに行かない？　うちの学校、創立記念日でさ。美咲ちゃん、卒業前だからもう午前中で学校終わるんでしょ？」
駅に着いて車から降りようとする私に電話を切った修平さ

んが、助手席の背もたれに手を掛け尋ねてくる。
「あっ、すみません…水曜日は友達と一緒にご飯食べようって約束してて…」
隼人さんとなるべく顔を合わせたくなくて、つい嘘をついてしまった。
「そっかぁ。それって、ご飯食べに行くだけ？」
「あ…はい…」
早く帰りたい…ここから早く出たい…早く隼人さんから離れたい…
その気持ちが強すぎて、
「じゃあご飯食べ終わったら迎えに行くからさ。会おうよ」
予期せぬ修平さんの言葉に、「…えっ？」とあからさまに嫌そうな声を出してしまった。
「無理？」
「あの…私…」
行きたくない…
何か理由を…
「ねぇ…美咲ちゃん、武さんに何かされた？」
「えっ？」
視線を上げると、修平さんが心配そうな表情を浮かべていて、それと同時に隼人さんがこっちに振り向く気配がした。
「さっきから様子がおかしいし」
「………」
「やっぱ何かされたの？」

「…いえ、何もされてませんよ」
「本当？」
「はい」
自分の中では笑顔を作ったつもりだったけど、
「そう…」
修平さんの表情は曇ったままだった。
「あっ、私そろそろ行きます。送ってくれてありがとうございました」
これ以上追求されたくなくて、急いでドアを開けると、
「飯、学校の近くで食うのか」
隼人さんの声が耳に入ってきた。
体半分を外に出したまま振り向かずに、「はい…」って小さく答えると「駅の近くにいる。終わったら来い」って言われた。
「でも何時になるかわからないし…待たせたら悪いから水曜日はちょっと…」
直感だけど、隼人さん私の嘘に気づいてる。
隼人さんの視線が痛い…
背中に突き刺さってくる…
隼人さんから“わかった”という返事を願った私に、
「何時でもいい。遅くなるようだったらそのまま家まで送ってやる」
期待とは裏腹な答えが返ってきた。
どうして隼人さんは私を追い詰めるんだろう。

嘘だってわかってるのに責めないで、その嘘に合わせながらも、私に身動きをとらせないようにする。
「…１時頃…駅に行きます…」
小さく呟くと車を降り、すぐにドアを閉めた。

守りたいもの

今日はお兄ちゃんの帰りが遅いので、俊が迎えに来てくれた。
ベンチに座って待っていると、俊の姿が遠くから見え、笑顔で手を振ったにもかかわらず、俊は険しい顔をしながら近づいてくる。私の前で歩みを止めると、
「泣いたのか？」
開口一番に、そう尋ねてきた。
会う前にちゃんとトイレの鏡の前で目元が赤く腫《は》れていないか確認したけど、俊は私の顔を見てすぐに気がついたみたい。
「友達の家で映画見て泣いたの」って答えると、俊は「そっか」と横にあるスーパーの袋を持つ。私が俊の腕をそっと掴むと、歩き出した。
俊がこれ以上何も聞いてこないことにホッとした私は、家が見えてきた頃、話の合間に俊が、「何かあったら相談しろよ」と告げてきた時、一瞬なんのことを言っているのかわからなかった。
だけどすぐに俊が、あのあとも私に何かあったんじゃないかとずっと心配してくれていたんだとわかった。
それなのに詳しく聞いてこないのは、私にも俊達には言いたくないことがあるってわかってくれているからで、特に

兄弟だからこそ踏み入れて欲しくない領域がきっと誰しもたくさんある。
特に、恋愛や友人関係の問題は家族だからこそ言い辛い。
それでも私が本当に困った時や助けを求めた時は、俊達が必ず力になってくれるって信じてる。

二人でご飯を食べ、お風呂から上がった私は髪の毛を乾かしたあと、
「ねぇ、俊」
リビングのソファーに座っている俊の隣に腰掛けた。
「あん？」
私の呼び掛けに、俊は読んでいた雑誌から私へと視線を移し、
「普段ホークスって何やってるの？」
「あ？」
一気に顔をしかめた。
私がホークスについて質問するは初めてで、お兄ちゃん達がそのことについてあまり触れて欲しくないことは、わかっていた。
二人は必要最低限のことしかいつも教えてくれない。
今日は走りがあるから何時に帰ってくるとか、クリスマスの時みたいに大きな走りの時は朝まで帰って来れないとか。
二人が家を空けることと帰宅時間しかいつも教えてもらえない。

走りがないのにホークス関係で家を空ける時、二人で一緒に出掛けることはあっても、私の門限の時間までには必ずどちらかが家に戻って来る。
たまに私のいないリビングで、真剣な面持ちの二人がコソコソ話していることがあるけれど、入ってきた私の存在に気がつくと、二人ともピタッと会話を止める。
お兄ちゃんに至っては瞬時に笑顔になって、「どうした？」と尋ねてくる。
普段何をしているのか今まで気にならなかったわけじゃないけど、二人が触れて欲しくないならって黙ってた。
でも今日は違う。
詳しくは無理でも、
「だから、走りに行く以外どんなことしてるの？」
少しでも情報が欲しいと思い、俊の怖い顔にも怯まずもう一度聞き直した。だけど、
「どういう意味だよ」
いつもより低い声と俊の眉間のシワが深くなったのを見て、すぐにたじろいでしまう。
「その……誰かと喧嘩したり、争ったりして——…」
「お前が気にするようなことじゃねぇよ」
私の言葉を切った俊は、さっき読んでいた雑誌に手を伸ばす。
その動作に“もうこれ以上聞くな”と言われているように感じたけど、

「心配なんだもん！」
私は声を張り上げた。それと同時に手を止めた俊は、再び私に視線を戻し、
「お前、どうしたんだよ」
俊の表情と声色が一気に変わった。
「だってもし…もし俊達に何かあったら…私…」
心配そうに私の顔を覗き込みながら優しい声を掛ける俊の前で、鼻の奥がツンとした直後、涙が零れ落ちた。
今日暴走族の縄張り争いの話を聞いて、すごく怖くなった。
今までだってもちろん心配してなかったわけじゃないけど、お兄ちゃん達が誰かと喧嘩して怪我するとか考えたことなくて…
二人に何かあったらどうしようとか、もし二人がいなくなったらどうしようとか、そんなことまで考えちゃう…
もしお兄ちゃんと俊に何かあったら、私はどうやって生きていけばいいんだろう…
二人を失うことが何よりも怖かった。
「美咲が心配するようなことは何もねぇよ」
俊の温かい手が私の頬を包み込み、親指が涙を優しくすくっていく。
「でも――…」
「俺が誰かにやられるような弱っちい男だと思ってんのか？」
ちょっと不機嫌な声を出す俊は私を鋭い目で見据えたけど、

私が首を横に振ると口の端を上げ優しく笑った。
「それに兄貴に敵《かな》う奴なんかいっこねぇよ。兄貴は俺の憧《あこが》れなんだぜ？　誰にも負けっこねぇ」
そう言って目を細める俊の表情から、本当にお兄ちゃんを尊敬していることがわかる。
強くて、頭がよくて、頼りがいがあって、孤高の精神を持ち、プライドが高い。
そして誰よりも優しいお兄ちゃん。
俊にとってお兄ちゃんは絶対的な存在。
もちろん私にとっても。
「仮に…仮に兄貴を傷付けるような奴がいたら、俺が許さねぇ。兄貴に近づく前に俺が止めてやる。絶対《ぜって》ぇ止めてやる」
低い声を出す俊の瞳の色が変わり、内に怒りを秘めたその目で遠くを見つめた。
自分よりもお兄ちゃんが傷付けられることを俊は恐れている。
「しゅ…ん…？」と私が呼び掛けると、ハッとしたような顔付きになって、俊は頬を伝う私の涙を再び一つ一つすくい始める。
「兄貴のことは俺が守る。約束する」
まるで自分にも言い聞かせるように言い切った。
俊はお兄ちゃんを誰よりも慕っている。
小さい頃からずっと二人を見てきた私が、それを一番知っている。
お兄ちゃんが俊を守っているように、俊もお兄ちゃんを守ってるんだ。
俊は涙を拭うのをやめ、私の顔を自分の方に向かせると、真剣な表情で私を見つめ、
「兄貴には俺が付いてる。俺には兄貴が付いてる。それで十分安心できるだろ？」
「うんっ…」
「俺達二人が揃ったら最強だってお前言ってたじゃねぇか」
俊の言葉に不安が解消され、さらに涙が溢れ出す私に優しく微笑み掛けた。
「うんっ…うん…っ…」
涙でぐちゃぐちゃになった顔で何度も頷くと、俊は私が泣きやむまで、ずっと髪を撫で続けてくれた。
二人が揃えば絶対誰にも負けない。
お兄ちゃんと俊は、私にとって最強の存在。

安らげる場所

「美咲、入っていいか？」
机に向かって卒業式に先生に渡す手紙を書いていると、ノックの音とともにお兄ちゃんの声がした。
「どうぞ」と返事すると、ドアが開き、
「おかえりなさい」
椅子に座ったまま顔を向ける私に、お兄ちゃんは微笑みながら、「ただいま」と私の頭にそっと手を伸ばす。
「あっ、すぐにご飯の用意するね」
そう言って、椅子から立ち上がると、
「いや、美咲とちょっと話がしたくてな」
お兄ちゃんはベッドに腰掛け隣をポンポンッと叩く。
促されるまま私がそこに腰を下ろすと、お兄ちゃんは体をこっちに向け、ゆっくりと口を開いた。
「さっきな、俊から美咲が俺達のこと心配してたって聞いてな」
「…うん」
「俊からもう聞いたと思うけど、美咲が心配するようなことは何もない。俺達に何かあったら美咲悲しむだろ？」
「うん…」
「美咲には悲しむような思いさせたくないからな」
「うん」

お兄ちゃん達にもしものことがあったら、私は一瞬に心が崩れ去って…きっと生きていけない…
お兄ちゃん達にもそれがわかってる。
だからきっと私が悲しむようなことはしない。
そう信じたい。
顔を上げると、お兄ちゃんは私の頭に手を置き、
「俊のことは俺がちゃんと守る。約束する」
私の瞳の奥を真っ直ぐ捉えながら優しく、力強く口にした。
「ふふふっ」
突然私が笑みを零すと、お兄ちゃんは「ん？」と首を捻る。
「さっき、俊も同じこと言ってた。『兄貴のことは俺が守る。約束する』って、全く同じ」
私の言葉に、お兄ちゃんはフッと小さく笑い、
「俺も俊に心配されるようじゃ、まだまだだな」
冗談交じりな声を出しながらも、少し嬉しそうな顔をしていた。
二人の絆《きずな》は強い。
大丈夫、二人ならお互いを助け合えるって確信した。
「お兄ちゃん、あのね……」
自分の気持ちを聞いて欲しくて、言っていいことなのかわからなかったけど、気がつけば私は話を切り出していた。
「ん？」
「私ね、困った時はお兄ちゃん達が必ず助けに来てくれるって、そう思ってる」

俯いている私に、お兄ちゃんの優しい視線が注がれる。
「でも…私、お兄ちゃん達に守ってもらってばっかりで、二人に何もできないことが悔しい…」
「美咲？」
「私はいつもしてもらってばかりで、お兄ちゃん達に何もしてあげられないことが悲しい…」
本当は俊の話を聞いた時、不安が解消されるとともに、悲しい感情が生まれた。
お兄ちゃん達からこんなにも安心感をもらっている私は、二人に何もしてあげられない。
俊に頼られるお兄ちゃんが、そしてお兄ちゃんを守ろうとする俊が羨ましかった。
私だって二人のためなら、自分はどうなったって構わないと思ってる。
だけど二人のために何ができるのかわからない。形にすることができない。
私は無力な人間だと思う。
お兄ちゃんは私と俊を守ってくれる。
俊はお兄ちゃんと私を守ってくれる。
きっとお兄ちゃんも俊も自分がピンチの時、お互いを助けに呼んだり、相談したりすると思う。
だけど私が呼ばれることはない。
相談すらしてもらえないって、わかってる。
いつからだろう、俊は随分と大きくなった。

体とかそういうことじゃなく、心が大きくなった。
頼れるようになった。頼もしくなった。
昔はお兄ちゃんに守られているだけだったのに、いつの間にかお兄ちゃんにも頼らず、自分の力で立つようになった。
気がつけば私の手を引いてくような存在になってた。
いつも私だけが二人の力になれず、そんな自分が嫌だった…
「美咲、それは違う」
お兄ちゃんが私の肩を掴み優しい声色で言うと、私は小さく首を振った。
「私は俊みたいにお兄ちゃんの力にはなれない。お兄ちゃんみたいに俊の力になれない。二人に何かしてあげたいって…っ…気持ちはあるのに……何もっ…でき…ない…」
嗚咽《おえつ》で途切れ途切れになる言葉を零す私は、最後の方は涙に邪魔され上手く言えなかった。
悔しくて悲しくて情けなくて、色んな感情が込み上げてきた。
そんな私をお兄ちゃんは優しく抱き締め、
「美咲、知ってるか？　俺達は美咲と一緒にいるだけで安らぎを感じられるんだ」
なだめるかのように、私の背中を擦《さす》りながらそっと囁いた。
「俊は確かに頼れる男になった。この先もっと強い男になっていくと思う。けどそれは美咲、お前がいるからだ。美咲を守りたいっていう強い気持ちが、自分を高める原動力になるんだ」
「………グスッ……」
「美咲を大切に想うから守りたいと思うし、守りたいと思うから強くなろうとする」
「……ふぇっ………」
「美咲の存在が俺達には必要なんだ。美咲が傍にいるだけで、俺達は満たされる」
今日は何度泣いたんだろう
１度目は、隼人さんの本音を聞いたショックで一人で泣いた。
２度目は、お兄ちゃん達への心配が爆発して俊の前で泣いた。
そして今は嬉しくて涙が溢れてる。
隼人さんの話を聞いて、私は隼人さんの傍にいたらいけないんだって思った。
俊の話を聞いて、私は二人の力になれないって思った。
だから自分を必要としてくれるようなことを言われて、すごくすごく嬉しかった。
お兄ちゃん達に私は必要とされてるんだって、いらない人間じゃないってそう思えた。

決意を胸に

「なんだってぇぇぇぇ!!!!」
テーブルをコブシで強く叩く音と、あずさちゃんの叫び声が店内に響き渡る。
隼人さん達と待ち合わせをしている1時間前、私は学校の近くのお店で昼食を取っていた。
「あ、あずさちゃん……」
「お前叫ぶな、恥ずかしいだろ」
周りの人の視線を一気に浴び、私とあずさちゃんの彼氏航《わたる》くんは、なだめるのに必死になった。
「だって、『好きで付き合ってるわけじゃない』とか言われたんでしょ？　それはこっちのセリフだっつーの!!」
ちょうど今二人に隼人さんのことを相談しているところで、私の話を聞いたあずさちゃんは怒り心頭。
隼人さんと付き合い始めてから、あずさちゃんには大まかなことは話していた。
だけどどこのチームかは言ってない。
最初は隠すつもりなかったけど、「私が乗り込んでやる!!」と興奮してしまい、さらにチーム名を教えてしまったら本当に居場所を調べて行きかねないと、告げられずにいた。
それほどあずさちゃんは気が強い。

「少しは黙ってろ。美咲ちゃんの話の途中なんだから」
注意され、フンッと荒々しく鼻を鳴らすあずさちゃんはソッポを向く。
航くんは呆れたようなため息を零し、
「で、美咲ちゃんはどうするつもりなの？」
私の方に体を向き直すと、優しい口調で尋ねた。
航くんにも話すようになったのはここ最近の話。
今では興奮するあずさちゃんのなだめ役と私の相談役の両方を担《にな》っている。
「…別れるっていう言葉は正しくないけど、もう付き合ってはいられない。振りだとしても、もうこれ以上は…」
「でもさ、武って奴はどうすんの？　美咲に何かしてくるかもしれないんでしょ？」
「う〜ん…わかんない…」
あずさちゃんの質問に、言葉を濁していると、
「まっ、その時は私が守ってあげる。これでね」
バッグから取り出したスタンガンをテーブルに置くあずさちゃんに航くんは、「お前…」と驚愕《きょうがく》した。
相談というより、私の今の気持ちを二人に話しているという感じだった。
隼人さんの本音を聞いたあの日から、もう付き合う振りをするのはやめようって心に決めていた。
隼人さんを解放してあげたい。それは隼人さんのためだけではなく、自分のためでもある。

隼人さんの顔を見るのが怖くて堪《たま》らない。
一緒にいることを考えるだけで胸が苦しくなる。
今から会うのが怖い…
でも今日は最後だからって自分に言い聞かせ、頑張ろう。
ちゃんと隼人さんに別れを告げ、今までのお礼をきちんと言いたい。
話が一段落して時計を見ると、もうすぐ1時だった。
「私そろそろ行くね」と席を立つと、あずさちゃんも「私達も出掛けるから」と立ち上がり、三人でお店を出た。
「今日は付き合ってくれてありがとね」
私が1時に駅で待ち合わせをしていることを知った二人は、学校が終わってからこの時間まで私に付き合い、昼食まで一緒に取ってくれた。
特に今日はこれからのことを考えると、一人でいるのは心細かったので、付き合ってくれて本当に助かった。
「美咲のためならいつでも付き合うよ」と言う私の大親友のあずさちゃんと、「何かあったら電話して」とにっこり微笑む航くん。
航くんは4月から大学生で、もうすでに高校の卒業式を終えている。
最初会った時、「敬語とか気を使わないでいいから」と言われ戸惑ったけど、一緒に過ごすうちに昔からの知り合いのような感覚になるほど打ち解けた。
今では第二のお兄さん的な存在。

二人はバイクで移動するため、お店の前で別れた。
駅に着いた私は、すぐにいつも乗っている車を発見する。
近づいていくと、フロントガラスから手を振る修平さんと和也さんの姿が目に入った。
それに応えようと手を上げた時、
「美咲ちゃん!!」
背後から呼ばれた。振り返ると航くんがこっちに向かって走って来ていた。
「航くん、どうしたの？」
「これ、美咲ちゃんに渡すの忘れてて」
少し息を切らした航くんがジャケットのポケットから白い袋を取り出し、
「何？　これ」
受け取った私はすぐに問い掛けた。
「北海道のお土産《みやげ》にあずさとお揃いのストラップ買ったんだ。気に入ってもらえると嬉しいんだけど」
「えっ、ありがとう！」
「うん、じゃあ俺行くね。呼び止めてごめん」
「ううん。本当にありがとう!!　じゃあね」
手を振って見送ると、航くんは笑顔で応え今来た道を戻っていく。
航くんって本当にいい人。
あずさちゃんのことすっごく大切にしてて、その友達の私にも色々と気遣ってくれる。

いつか私も彼氏に大切にされてるんだねって友達に思われるような、そんな彼氏ができたらいいな。
航くんの走っていく後ろ姿を見つめながら、ついそんなことを思った。
卒業式まであと１週間と迫ったこの日、こうして穏やかな時間は終わりを告げた。

「すみません。遅れちゃって…」
後部座席に乗り込んで開口一番にそう言うと、隣に座る仏頂面の和也さんがジーッと私のことを見据える。
「美咲、今の男——…」
「和也!!!」
助手席にいる修平さんが声を荒げると、私から視線を移し黙り込んだ。
首を傾げていると、「美咲ちゃん、気にしないでいいから」と修平さんに言われ、よくわからなかったけど、和也さんの方をチラッと見たあと、「はい…」と呟く。
さっきまで和也さん笑顔だったのに、どうしたんだろう…
だけど機嫌が悪いのは和也さんだけじゃなかった。
隼人さんも眉間にシワを寄せながら、険しい表情だった。
何かあったのかな？
隼人さんの機嫌が悪いと、今日ちゃんと言えるか不安になってしまう。
鬼龍で何か揉め事でもあったのかな？

スネークがまた来たとか。
今日私来ない方がよかったんじゃ…
そういえば私、隼人さんになんて言うか考えてない。
それにいつ話を切り出そう…
二人でいる時の方がいいよね。
でも私達二人きりになんて溜まり場でなったことない。
う～ん…状況を見て判断するしかないかぁ…
隼人さんと別れたら、修平さん達にもちゃんとさよならを告げなきゃいけない。
本当は嫌だけど、私の存在が修平さん達に気を使わせることは間違いない。
たまたま会ったら声を掛けるぐらいで、私から連絡は取らない方がいい。
ぎすぎすした雰囲気の中、修平さんだけは私に話し掛けてくれるけど、それでも修平さんもいつもと様子が違ってた。
何度も隼人さんの方に振り返っては、様子を気にしてた。
でもなんで修平さんは隼人さんだけを気にしているんだろう？
和也さんだって機嫌が悪いのにと疑問に思っていた私は、
「美咲のセーラー服姿初めて見るけど、やっぱ可愛いな～さすが俺の女や～」
車が出発して数分が経つと、特に誰かが声を掛けたわけでもないのに、いつの間にかニコニコしている和也さんを見て妙に納得した。

なるほど。和也さんは機嫌が悪くなってもすぐに直ることを修平さんは知ってるんだ。
さすが修平さんだなと今更ながら、感心してしまう。
だけど隼人さんは変わらず機嫌が悪い。
窓の外をずっと見ているからはっきりとした表情を見ることはできないけど、イライラしたオーラを醸し出している。
今日が最後なんだから隼人さんの機嫌早く直るといいな。
迷惑だって思われてるのは知ってるけど、隼人さんは私のこと嫌いなのかな？
さすがに嫌いって言われたらきついな…

今日が楽しい一日で終わることを強く願った私は、車を降りてすぐ、
「隼人〜!!」
こっちに向かって走ってくる二人の女性の姿を捉えた。それと同時に、「あいつ等」と不機嫌な声を出す和也さんの後ろで、修平さんの大きなため息、そして隼人さんの舌打ちを耳にする。
この人達見たことある…
私が初めてここに来たイヴの夜、隼人さんと一緒にいた女の人だ…
「お前等なんやねん！　今日は来るなって俺等言うとったやないか!!」
和也さんが二人に向かって怒鳴ると、「えぇ〜だって〜」

と体をくねくねさせながら私にチラッと目を向けた女性は隼人さんの腕を掴み、もう一人もまたピタッと体を擦り寄せた。
その瞬間、鼻を掠めた香水の香りに体が凍りついた。
どっちの女性のかはわからないけど、私この香り知ってる。
隼人さんからたまにこの香りがしてた。
『隼人は色んな女と関係を持つような男やけど、俺はそういうのを軽蔑しとる』
映画に行った日の昼食に、和也さんから聞いた言葉が頭に過ぎる。
この人達、隼人さんの…
「美咲ちゃん、悪いけど先に部屋行っててくれる？　和也!!　美咲ちゃんと一緒にいってろ!!」
修平さんの声に反応した和也さんが、その場に立ち尽くす私の腕を引っ張り、建物の入り口へと歩いて行く。
視界から消えても、さっきの光景が目に焼きついて離れない。
騒がしい敷地内にもかかわらず、背後から聞こえてくる女性の甘い声が、鮮明に耳に入ってくる。
私ここにいない方がいいんじゃ…
「ったくあいつ等」とブツブツ文句を言っている和也さんに、「あの…私今日来てよかったんですか？」と思い切って尋ねると、足を止め振り返った和也さんが、「当たり前やろ」と力強く答えた。

……じゃあなんで私を慌ててあの場から引き離すの？
隼人さんと関係を持つ女性の前で、私が邪魔な存在だから
じゃないの――…？

嫉妬

部屋に入り、私をソファーベッドに座らせると、
「すぐ戻って来るからここで待っときや」
和也さんは部屋を出て行った。
どこに向かったのか聞かなくてもわかる。
さっきの人達のところに行ったんだ。
『今日は来るなって俺等言うとったやないか』
和也さんのさっきの言葉、あの人達普段ここに来てるってことだよね？
私が来るから来ないように言ったんだよね？
あの人達、隼人さんのこと呼び捨てにするほど仲がいいんだ…
あんなにも体を擦り寄せるぐらい親密なんだ…
やだ、隼人さん達は私よりもあの人達の方を選ぶんだって
そんな当たり前のことにひがんでる…
早くみんな戻って来て…今日は一緒にいて…
一人になって30分経った頃、開かれたドアに立っていたのは修平さんと和也さんだけで、隼人さんの姿はなかった。
「何か食べたい物はない？」「何か飲まない？」
この部屋に着いてから修平さんはやけに私を気遣っている。
私がさっきの光景を見たから？
隼人さんがまだここに来れないから？

“偽りの彼女”である私に、こんなにも気遣いをみせる修平さんを見て、私って邪魔な存在だと改めて思った。
よかった、今日別れる決心してきて。
もしそうじゃなかったら、私今頃泣いてたかも…
修平さんがこれ以上気を回さなくていいよう、カバンから教科書とノートを取り出し、「宿題しなくちゃ」と言って話し掛け辛いような雰囲気をつくった。
それと同時に私はここの部屋にいるという意志を修平さんに示す。
さっき携帯に航くんのくれたストラップを付けようとした時、車の中に携帯を忘れてきたことに気がついた。
私が取りに行こうとすると、慌てた様子で「他の奴に行かせるから」って止めたり、私が移動する度に反応したりするから、修平さんは私を下に行かせたくないんだと悟った。
きっと隼人さんとさっきの人達がいるから…
しばらくして部屋にやって来た男性が、修平さんに私の携帯を渡しながら、「もう帰りました」と告げる。
それに対し、「やっとあいつ等帰ったんか〜きっつい香水振り撒《ま》きやがって〜俺の鼻、毒ガスでやられてもうたわ」と和也さんが言い捨てたことと、修平さんのピリピリした雰囲気がなくなったことで、さっきの女性達が帰ったんだわかった。
「あの……隼人さんは？」
あの人達が帰ったという報告から、30分以上経ってもなお隼人さんが来ないことに痺れを切らした私は、ドアから一人掛けソファーに座っている修平さんに視線を移す。
「下の部屋で傘下《さんか》に収めてるチームの総長と会ってるよ」
「傘下？」
「あ、そっか。美咲ちゃんにはまだ説明してなかったね」
キョトンとする私に、修平さんは優しく笑って説明を始める。
「闘狂龍神連合っていう暴走族のチームでできた組織があってね。そのトップの位置に存在するチームが鬼龍なんだ」
「はい…」
「だから闘狂龍神連合に所属しているチームは全て鬼龍の傘下になるってわけ」
「はぁ…」
なんでそんな組織が必要なのかわからないけど、鬼龍が闘狂龍神連合という組織を率いてるってことだよね？
「争い事が起きた時の報告や、どこかのチームに手を出す時の許可は鬼龍にもらわなきゃいけないんだ。守らないチームにはペナルティーがあってね、結構厳しいんだよ」
「………」
ペナルティーってどんなのだろう…？
罰金とかそういうのじゃないよね？
「一種の会社みたいに思ってくれればいいよ。鬼龍は報告を受け、許可を与える社長みたいなもん。もちろん人事権も持ってるけどね」
「人事権？」
「それぞれのチームの総長は鬼龍が認めた人じゃないと総長にはなれないんだ。もちろんクビもあるけど」
「クビ？」
「懐かしいなぁ～武さんが総長やった頃、涼子さんに失礼をはたらいたあるチームの総長、その地位どころか闘狂龍神連合のメンバーから外されとったやんな～」
修平さんの向かい側のソファーに座る和也さんが、タバコを吹かしながら遠くを見つめる。
「総長の地位を剥奪《はくだつ》したり闘狂龍神連合のメンバーから外したりする権限があるのも鬼龍なんだよ」
その時のことを思い出したのか、修平さんは苦笑いを浮かべ、
「鬼龍の決定権は全て総長にあるから、鬼龍の総長は色々とやらなあかんことがあるんや」
タバコを灰皿で揉み消すと、和也さんは頭の後ろで手を組んで背もたれに寄り掛かる。
そっか、だから隼人さん今ここにいないんだ…
でもどうしてそれがよりによって今日なの？
やだ…私自分勝手なこと考えてる…
「隼人がいなくて、美咲ちゃんに寂しい思いさせることもあるかもしれないけど、我慢してね」
修平さんがニコッと微笑みを見せても、私は何も反応でき

ず、
「俺がおるから安心し〜美咲」
「役立たずだけど、いないよりマシだな」
「なんやと!!!」
二人から顔を逸らした。
お願い…今日が最後なの…少しでも長く四人でいたい…
隼人さん、早く帰ってきて…お願い…
私の期待とは裏腹に、隼人さんが戻って来ないどころか、修平さんまで部屋を訪ねてきた男性に呼ばれ出て行った。
私なんで今日来ちゃったんだろう…
どうして最後の日に、今日を選んじゃったんだろう…
和也さんと二人きりになった私は、和也さんの話しにずっと耳を傾けていた。
特に返事はしなかったけど、隼人さん達と初めて会った時の話や、隼人さんと喧嘩して怪我を負わされた時の話など、面白おかしく話してくれて——…
「美咲、俺の話つまらんのか？」
いきなり寂しそうな顔をする和也さんにそう聞かれた時、なんでそんなこと言われるのかわからなかった。
私ちゃんと聞いてたよ？
面白いって思ってたよ？
和也さん、なんでそんな悲しそうな目で私を見つめるの？
「美咲、今日ずっとつまらんそうな顔しとる。車の前で会っとった男には笑顔向けとったのに、俺等には一度も笑い掛けてくれへん」
和也さんが徐々に視線を落としていくのを見て、
「あの…えっと…」
私はなんて言っていいのかわからず、言葉を濁す。
「嘘や！　冗談や!!　からかって言うてみただけ」
笑いながら和也さんはソファーから立ち上がり冷蔵庫の取っ手に手を掛けた。
何か言わなくちゃ…
和也さんは冗談で言ったんじゃない。
せっかく和也さんが話してくれてたのに…
言葉を探していると、私の携帯の着信音が流れた。
このメロディーはお兄ちゃんか俊。
「遠慮せんと出ぇや」
和也さんはそう言ってくれたけど、ここで出るわけにもいかない。
「ちょっと電話してきます」と携帯を掴み、ドアの前まで来ると、私はビールを飲んでいる和也さんへ背中越しに声を掛けた。
「あの、私今日学校で色々あって忙しくて…今ちょっと疲れてるというか……あの…」
「そうやったな！　美咲卒業前やもんな!!　気づいてやれんくてごめんな!!」
振り向き笑顔を作る和也さんを見て、胸が苦しくなった。

遭遇

部屋を出た私は下まで来たものの困っていた。
電話どこで掛けよう…
建物の中は騒がしいし、外はバイクの音が響いてる。
あっ!!　裏があった!!
この建物の裏だったら、そこまではエンジン音も聞こえないはず!!
そう思った私は、イヴの夜建物に入る時に使ったドアから外に出た。
ここ通るのあれ以来だな。
和也さん達と一緒にこのドアを使って…
……私、和也さんを傷付けた。
どうしよう…戻ったらちゃんと謝らないと…
電話はお兄ちゃんからで、今日は遅くなるからご飯はいらないという内容だった。
あ、あれ??
電話を切り、部屋に戻ろうとドアノブを回しても開く気配がない。
すぐにこのドアはオートロックなのだとわかった。
仕方ないから表に回ろう…
ここって広いから結構距離があるんだよね。
小さなため息を吐きながら歩き始めたその時、

ガチャ――
ドアの開く音が聞こえ振り返ると、さっき会った二人の女性が中から出てきた。
先に出てきた一人の女性は私を見た瞬間険しい顔になる。
「ねぇ」と言いながらもう一人の腕を掴み顎で私を差すと、二人でヒソヒソ話しはじめた。
この人達すごい美人…二人並ぶと迫力あるな…
なんだか怖い…
その場に立ち尽くしていると、話を終えた二人が真っ直ぐこっちに向かって歩いてきた。
私の前に止まったかと思った次の瞬間、
パンッ――
思いっ切り頬を引っ叩かれた。
えっ?? 何??
今何が起きたの？
頭は真っ白な状態だったけど、体が勝手に反応し痛みの走った場所を手で押さえていた。
茫然とする私の視界には、腕を組んで立つ二人の姿。
「あんた何様のつもり？　隼人の彼女面《づら》して」
「この前隼人と二人で映画行ったんだって？　隼人かわいそ～興味ないことまで付き合わされて」
「事情があって仕方なくあんたを彼女にしてるだけなのに、何調子乗ってんの？」
「とっとと隼人解放してやんなさいよ」

「隼人あんたと一緒にいるの嫌だって。うんざりだってさ」
「さっきだって隼人、あんたより私達の方を選んでくれたしね～」
二人はクスクスと笑いながら私を見下ろす。
次々に発せられる言葉が耳に入ってくるものの、頭が回らず何も考えられない。
「早く別れなさいよ」
ドンッと突き飛ばされ後退した時、
「何してるんスか!!?」
ドアが開くのと同時に男性の叫ぶ声がし、二人の女性は「行こっ」と言って、すぐ傍にある裏の門を通って敷地から出ていった。
ビックリしすぎて動けない私の前に、「大丈夫ッスか？」と男性が駆け寄ってくる。
小さく頷くと、頬を押さえている私を見て叩かれたことに気づいたのか、一気にその人の顔が強張った。
「今タオル冷やして持ってくるんで」
その場から去っていこうと踏み出した足は、
「大丈…夫です…」
私の虚《うつ》ろな声に引き止められる。
頭が回らない。何が起きたのかわからない。
でも頬がヒリヒリする。
心が痛い…
苦しい…

「でも…」
「本当に大丈夫ですから…」
涙も出ないどころか瞬《まばた》きすらろくにできない私の顔を、心配そうに男性が見つめていた。
「あいつ等、あとで隼人さんに言って落としま――…」
「言わないでください…隼人さん達には…言わないで…」
裏門を睨みながら出す男性の怒声を遮った私は、震える手で目の前にある腕を掴み、
「でも！」
「お願いします…言わないで…」
搾《しぼ》り出すような声で小さく呟くと、男性はそのまま黙り込んだ。
『美咲ちゃんのお願いはみんな断れないから』
修平さんの言ってた事は、本当だと思った。
私がお願いって口にしたら、それ以上何も言ってこない。
きっとこの人は言わないって心のどこかで確信した。
段々と落ち着きを取り戻してきた私の頭の中に、さっきの女性の言葉一つ一つが蘇《よみがえ》ってくる。
『この前隼人と二人で映画行ったんだって？』
隼人さん、私と一緒に出掛けたことあの人達に話すぐらい仲がいいんだ…
『事情があって仕方なくあんたを彼女にしてるだけなのに何調子乗ってんの？』
あの人達には事情全部話してるんだ…この前私が隼人さん

の本音を聞いた時には、質問してきた人達に『お前等には関係ねぇ』って言ってたのに…
そんなふうに思う私って図々《ずうずう》しいのかな…調子乗ってるのかな…
『隼人あんたと一緒にいるの嫌だって。うんざりだってさ』
迷惑だって思われてることは知ってたけど、嫌だって、うんざりだってあの人達に言われるほど、私嫌われてたんだ…当たり前だよね…
思い返しているうちに涙がポロポロ溢れ出し座り込む私を見て、男性が慌てふためいているのがわかる。
やだ…お兄ちゃん達の前以外で泣きたくない…
相手が困っちゃうじゃん…
それにこんな顔見られたくない…こんな惨めな姿見られたくない…
だけど私の涙が止まる気配はなかった。
口の端を上げ、優しく笑う隼人さんの顔が瞼《まぶた》の裏に浮かぶ度に、胸が締め付けられた。
すぐに戻るつもりだったので上着を羽織ってこなかった制服姿の私に、男性はジャケットを脱いで私の肩に掛ける。
それでもなお座り込んで泣きじゃくる私をゆっくり立ち上がらせると、近くにあるボンネットと窓のない車の後部座席に座らせた。
男性が「すぐに戻って来ます」とドアを閉めようとし、咄嗟に私がその腕を掴むと男性は顔を向ける。

そして私が「…言わ…ないで…」と声を詰ませながら頼むと、「…誰にも言いません」と男性はそっとドアを閉め表に向かって走っていった。

５分も経たないうちに戻って来た男性は冷やしたタオルを私に渡すと、中に入ることもせず、車の傍で私が泣きやむのをひたすら待っていた。
時折建物のドアから出て来る人達が「何やってんだ？　こんなとこで」と尋ねてくるけど、その度に「別に」と答えながら、自分の体でその人達の視界から私を隠してくれた。
「さっきの…」
「えっ？」
今まであえて私の方を見ようとしなかった男性は、初めて嗚咽に肩を震わせている私に視線を向けた。
「さっきの人達って…隼人さんの…彼女さん…なんですか？」
この人からすれば、私も隼人さんの“彼女”なわけで答えにくいよね…でもなんて聞けばいいのかわからない…
「いや、あの人達を隼人さんが彼女にしたことはないっスよ」
「でも……関係は…あるんですよね？」
「いえ。美咲さんと付き合い始めてからは」
「前はあったってこと…ですか…？」
「………」

男性は足元に視線を落としながら、気まずそうな顔をした。
私はずるい人間だと思う。
この人にとって隼人さんの“彼女”である私に、“そんな質問するな”って言えないことがわかって尋ねてる。
本当は質問する度に困惑する表情を浮かべているから、聞いちゃいけないんだってわかっているのに、隼人さんの女性関係を知っている人に今まで聞くことができなかったから、この人から今知ろうとしてる。
本当なら和也さんや修平さんに聞いたらいいんだろうけど、和也さんは修平さんに口止めされているらしく、詳しいことは教えてくれない。
気がつかなかったわけじゃない。
私が隼人さんの“彼女”になることで、不快な思いをする人がいるっていうことを…

本当は“今隼人さん、私以外に付き合ってる人いるんですか？”って聞きたかったけど、これ以上傷付きたくなくて言葉を呑み込んだ。
そうだよ。
そもそも私にそんなこと聞く資格なんてない。
それこそ彼女面すんなって感じだよね。
鬱陶《うっとう》しいよね。
いいじゃん、私今日で隼人さんとさよならするつもりなんだから…

「――…ッ――…」
じゃあなんで涙が込み上げてくるの？
わからない。
私、本当に調子に乗ってた。
なんで隼人さんはあの人達の方に行っちゃうの？なんてバカみたいなこと考えてた…

泣きやんだあと、外に出ようとドアノブに手を掛けると、それに気づいた男性がサッとドアを開けてくれ、私の手にあるタオルを見ると、「あっ、俺が」と受け取ってくれた。
「あの、色々とありがとうございました…」
「いえ」
この人がいてくれなかったら私、泣きながら戻ることになってたかもしれない。
そしたら和也さんに「どうしたんや？」って聞かれただろうし、上手く誤魔化せたか自信がない。
「私戻ります…あの…今聞いたこと、誰にも言わないでください…あと…さっきのことも……」
頭を小さく下げ、走り出すと、
「あの、隼人さんは別にあの人達に対して本気だったわけじゃ――…」
背後から男性の叫ぶ声が追いかけてきたけど、私は振り返らず角を曲がった。
もう隼人さんとは顔合わせたくない！

二度とここへも来ない！
零れ落ちそうになる涙をこらえながら、私は走る速度を上げた。

【②巻へ続く】

本書に対するご意見、ご感想をお寄せください。

あて先

〒160-8326
東京都新宿区西新宿4-34-7

アスキー・メディアワークス
魔法のiらんど文庫編集部
「Akari先生」係

著者·Akari ホームページ

「Akariのホームページ♪」
http://ip.tosp.co.jp/i.asp?I=akari_pooh

「魔法の図書館」

（魔法のiらんど内）
http://4646.maho.jp/

魔法のiらんど

月間35億ページビュー、月間600万人の利用者数を誇る日本最大級の携帯電話向け無料ホームページ作成サービス（PCでの利用も可）。魔法のiらんど独自の小説執筆・公開機能「BOOK機能」を利用したアマチュア作家が急増。これを受けて2006年3月には、ケータイ小説総合サイト「魔法の図書館」をオープンした。ミリオンセラーとなった『恋空』（著：美嘉、2007年映画化）をはじめ、2009年映画化『携帯彼氏』（著：Kagen）、2008年コミック化『S彼氏上々』（著：ももしろ）など大ヒット作品を生み出している。魔法のiらんど上の公開作品は現在100万タイトルを超え、書籍化された小説はこれまでに240タイトル以上、累計発行部数は1,900万部を突破。教育分野へのモバイル啓蒙活動ほか、ケータイクリエイターの登竜門的コンクール「iらんど大賞」を開催するなど日本のモバイルカルチャーを日々牽引し続けている。（数字は2010年1月末）

魔法のiらんど文庫

暴走族に寵愛されたお姫様☆ ①

2010年3月25日　初版発行

著者　Akari

装丁・デザイン　カマベヨシヒコ(ZEN)

発行者　高野 潔

発行所　株式会社アスキー・メディアワークス
〒160-8326
東京都新宿区西新宿4-34-7
電話03-6866-7324(編集)

発売元　株式会社角川グループパブリッシング
〒102-8177
東京都千代田区富士見2-13-3
電話03-3238-8605(営業)

印刷・製本　凸版印刷株式会社

　ISBN978-4-04-868445-3　C0193

魔法のiらんど文庫創刊のことば

『魔法のiらんど』は広大な大地です。その大地に若くて新しい世代の人々が、さまざまな夢と感動の種を蒔いています。私達は、その夢や感動の種が育ち、花となり輝きを増すように、土地を耕し水をまき、健全で安心・安全なケータイネットワークコミュニケーションの新しい文化の場を創ってきました。その『魔法のiらんど』から生まれた物語は、著者と読者が一体となって、感動のキャッチボールをしながら生み出された、まったく新しい創造物です。

そしていつしか私達は、多数の読者から、ケータイで既に何回も読んでしまったはずの物語を「自分の大切な宝物」、「心の支え」として、いつも自分の身の回りに置いておきたいと切望する声を受け取るようになりました。

現代というこのスピードの速い時代に、ケータイインターネットという双方向通信の新しい技術によって、今、私達は人類史上、かつて例を見ない巨大な変革期を迎えようとしています。私達は、既成の枠をこえて生まれた数々の新しい物語を、新鮮で強烈な新しい形の文庫として再創造し、日本のこれからをかたちづくる若くて新しい世代の人々に、心をこめて届けたいと思っています。

この文庫が「日本の新しい文化の発信地」となり、読む感動、手の中にある喜び、あるいは精神の支えとして、多くの人々の心の一隅を占めるものとなることを信じ、ここに『魔法のiらんど文庫』を出版します。

2007年10月25日

株式会社 魔法のiらんど
谷井 玲

maho no iland bunko
魔法のiらんど文庫
毎月
25日発売

魔法のiらんど文庫
information

“学園のイケメン三人衆”が奪い合い！
恋のターゲットは…あ、あたし ?!
あげ⤴きゅん♡逆ハーレム学園ラブコメディ

高校１年生の雫が通う学園には誰もが憧れていて
“アイドル”と呼ばれるイケメン三人衆がいた。
雲の上の存在だったハズの学園のアイドルたちから
雫はひょんなことで奪い合われることに⁉
「誰が雫を自分のモノにできるか勝負しない？」この一言からゲーム開始！

奪《うば》い★愛★

［上］［下］巻

ubai ai

「一ノ瀬心亜（いちのせここあ）」著